こだわりを捨てたら

ゆ《Yu》き《ki》

文芸社

こだわりを捨てたら——目次

こだわりを捨てたら

不況と親のしつけ

現在、日本は不況の真っ只中にあるのは誰もが知るところであり、新聞やテレビのニュースを見ていても何かにつけて「不況」という言葉が出てくる。

日本は市場経済である以上、不況は避けては通れないものであり好景気と不景気を繰り返すのが市場経済のしくみなので、バブル期のあの異常な盛り上がりを思えば現在の景気の状況も当然のことなのかもしれない。

しかし、街中に失業者があふれているのを見れば今のままで良いとは思えない。

そこで、景気を回復させるために政府の介入が必要となるわけであるが、現在のところは有効な措置をとっているとは思えないのが現状である。

そんなことを考えているうちに、あることを思いついた。

何を思いついたかというと「政府の市場への介入と親の子どもに対するしつけの加減の難しさ」ということである。

先にも書いたが、市場経済とは本来は市場に任せておけば良いものである（と思う）が、場合によっては政府の介入が必要となる（それが現在の日本である）。

しかし、現在の状況を見ればわかるように政府が介入したからといって必ずうまくいくものではない。

このことは、親のしつけにも同じことが言える。

「親はなくても子は育つ」という言葉があるように親がいなくても子どもは育つことができる。しかし、良識ある人間にしたければ親がそばについてしっかりと監督する必要があるわけだが、親が監督をしていれば良いかというと必ずしもそうとは言えない。

親が必要以上に子どもにかまい過ぎたために、いつまでたっても自立のできない子どもができあがってしまったり、反対に親がだらしがなくてもそのことをバネにして親のようにはなりたくないという思いから立派な大人になる場合もある。これは先の不況の話にも通じるところがあるように思う。

つまり、両者に共通しているのは「親（政府）が子ども（市場）に対してどの程度しつけ（介入）を行うか」ということである。

しかし、このことを実行するのは「正解」があってないようなものであるだけに、難しいところである。

ものごとというのは正しいと思ってしたことであっても、答えが出るのはしばらく先になってからであり、失敗したと気づいた時にはやり直すのが困難であるという状況が多い。

それなのに、今の日本を見ているとたーだ周りに祭り上げられて総理大臣になったり、親になることがどういうことかを知らずにたーだ出来ちゃったからとか結婚したからというだけで親になる人が多いように思われる。

まあ、総理大臣はうまくいかなければ交代すれば済むかもしれないが、親の場合はそうはいかない。

ある程度の歳になれば子ども自身の責任になるとはいえ、その土台をつくるのは親なのだからその責任は重大なはずである。

そう考えると、政府の介入と親のしつけというのは「うまくいって当たり前であり、失敗すればなにを言われるかわからない」という状況の中で常に厳しい（?）選択を迫られているように感じられる。そう思うと親というのもそう楽なものではないなと感じる今日この頃である。

いま、なぜ少子化か

最近、子どもの数が減少傾向にあるという。

第二次ベビーブームの昭和四十五年に生まれた人間としては、進学や就職などの際に学校や会社に入りやすく、うらやましいなどと勝手な想像をしているが、この問題は私も原因であると共に将来は影響を受けるかもしれない立場にある。

少子化の原因としては、女性の社会進出等による社会情勢の変化や教育費などの負担が大きいこと、子どもを預けて安心して働ける施設が少ないなどの理由が挙げられている。

これらの問題点も間違ってはいないが、現在二十九歳で俗に言う「結婚適齢期」にありながらいまだ独身で、その上結婚の予定もたっておらず少子化に「貢献」している人間の立場からの意見を言わせてもらいたいと思う。

個人的なことで恐縮だが、私は子どもが好きで親戚や近所に住んでいる小さな子どもたちとよく話をする。

子どもというのは、こちらが「子どもだから」とバカにしてかかるとすぐにそれを見破るが、きちんと話を聞いてあげれば、自分の方からいろいろと話をしてくるし、こちらからの問い掛けに対してもそれなりの返事を返してくるものである。

また、何も知らないゆえに大人が思いつかないようなことを教えてくれたり、忘れていたようなことを思い出させてくれたりするし、何よりもあの素直な罪のない笑顔を見ているとさわやかな気分になる。

特に女の子はおしゃべり好きな子が多く、話をしていても面白い子が多い。

私はこのように子ども好きな人間なので、当然のことながら結婚をしたら自分の子どもが欲しいと願う人間の一人であるのだが、今の世の中を見ていると子どもが欲しいという気持ちにはなれないのが現状である。

なぜそう思うかというと、現在の世の中はどこかすさんでいるというか、何か誤った方向へと動いている気がしてならないからである。

それが何であるかというと、我々を取り巻く生活状況である。

現在の生活は確かにモノが豊富にそろっていて便利ではあるが、それと引き換えにそれまであった大事なものを失っている気がする。

新聞やテレビでは、連日のように環境問題を取り上げており、資源の節約だとかで企業のパンフレットや封筒、デパートの紙袋等には必ずといっていいほど「再生紙を利用しています」と書かれている。

しかし、その一方でどこの家庭でも家族の人数分の車を乗り回し、異なるテレビ番組を同時に見ている（そういう私も車を乗り回す一人であるのだが）。

また、スーパーへ食料品を買いにいくと野菜売り場には減農薬とか、化学肥料を使用していませんなどという宣伝文句が並んでいるが、裏を返せば我々は普段いかに農薬まみれの野菜を食べさせられているのかと思ってしまうのである。

さらに、魚売り場には「養殖」の文字が並び、肉の売り場では抗生物質を使用していないことが宣伝文句となり、他の食品にも食品添加物を使っているものが多い。

このような食物を口にしたくなければ、自給自足で食料を賄うか本当に信頼のできる農家と個人的に契約を結ぶか何かをしなければならないが、一般のサラリーマン家庭にはまず不可能な話である（ここまで書いただけでも悲しい気分になってしまった）。

とどめは、しつけのロクにできない親に育てられた子どもたちである。

このことは、またテーマを改めて書きたいと思うが、ちょっとやそっと思いどおりにならないからといってカッとなり、ナイフで人を刺したりして平気でいるような子どもが増えているように思う。

このような現実を目の当たりにすると、我々の時代でさえこうなのだから、我々の子どもや孫の世代が大人になるころには、さらにひどい現実が待ち受けていることであろう。

人は、一度便利な生活を経験してしまうとなかなか後戻りはできない上に、さらに便利な生活ができないかと考える。

そのように考えて生きてきたからこそ、我々は現在のような生活が送れるわけであるが、最近ではその便利さに振り回され、前述したような環境問題等の余計な問題を引き起こしたりして、日常でも様々な要因からストレスが増大するという生活を送っている。

これまでの話を総合すると今後の人間社会はさらに悪くなることはあっても良くなる可能性はきわめて低いだろうと思われる。だが、そう考えると子どもが好きで可愛いと思うゆえに子どもを生みたくないという皮肉な結果を招いてしまっているのではないだろうか。

子どもを生まない理由については人それぞれ考えがあるとは思うが、先に挙げた教育費や保育施設といった対策が必要とされるといわれている以前の問題を理由に挙げる人間もいることをわかってほしい。

しつけのできない親たち

「子どもを見れば親がどういう人間かがわかる」とよくいわれる。

子どものころ、公共広告機構か何かのＣＭで、大人の恰好をした子どもが空き缶を投げ捨てると「子は親の鏡です」というナレーションが流れるというものがあったが、当時は子どもながらに「親の影響というのは大きいんだなあ」と何もわからないなりに感じていた。

大人になってその意味がわかるような歳になったが、最近の子どもをみていると「親のだらしなさ、情けなさ」が目につく。

デパートや電車の中など公共の場所で自分の子どもたちが騒いでいても知らんぷりで注意の一つもしない。

それを見兼ねた人が注意をすると「あのおじさんが怒っているからやめなさい」と人のせいにしてようやくやめさせる有様で、なぜそのような事をしてはいけないのか、なぜ怒られるのかということを説明しない（説明できないのかもしれないが）。

それどころか、注意をした人に向かって「余計なお世話だ」とか「人のうちのことに口をはさむな」などと逆上し、挙げ句のはてには「学校できちんと教育しないのが悪い」と学校のせいにする始末である。

私見ではあるが、子どものしつけなどというのは親が責任をもってやるべきことであり、自分がろくにしつけができないことを棚に上げて周りのせいにするなどというのは本末転倒もいいところである。

思うに、最近の親たちは子どもに嫌われることを恐れたり、かわいがることと甘やかすこと、しつけと放任主義をはきちがえているように思えてならない。

私は、独身で子どもを育てた経験はないのであまり偉そうなことは言えないが、最近のだらしのない親たちよりもきちんとした親になる自信はあるし、ポイントも心得ているつもりだ（うまくいくかどうかは、実際にやってみなければわからないが）。

話は戻るが、子どもを可愛がるとは子どもの言いなりになることではなく、子どものことを思うからこそ言うべきことを言い、どこへ出しても恥ずかしくないような人間にすることではないだろうか。

それが満足にできないというのならば、最初から親になどなるなと言いたい（ただ、大きくするだけで良いのなら誰でもできることである）。

放任主義とは、ただ放っておくのではなく、礼儀や道徳などの必要なしつけを行なった上で、他の部分では子どもの自主性に任せることをいうのではないだろうか。

現在、子育ての最中の人がこれを読んで「何だ、そんなことは当然のことではないか」と思ってくれるのならばいいが、そのように感じられない人は今一度子育ての意味を考えてもらいたいと思う。

このような親が目立つようになったのは、現在の親の親、つまり現在の子どもたちの祖父母にあたる世代の人たちにも原因があると思う。

この世代の人たちは、戦争を経験したり、戦争そのものの経験はなくても戦後の物のない時代を体験した世代が中心である。

現在の日本の繁栄があるのは、この世代の人達の並々ならぬ苦労の上に成り立っていることはいうまでもないし、その苦労は我々の想像をはるかに越えるものであっただろう。

また、子ども時代には親から厳しいしつけを受けたことであろう。

その時の経験から自分たちの子どもには同じ思いをさせたくないと考えたのだろうが、現在の親たちを見ているとその考えが誤った方向へ進んでしまったように思われる。

自分がいやな思いをしたことを自分の子どもにはさせたくないという考えは立派ではある。

しかし、その結果、現在の社会は一見、便利な物に囲まれてなに不自由のない住み良い社会のように見えるが実際は人間として大切な何かを失った人間が増加しており、このような社会で育っている今の子どもが親となるころにはさらにひどい社会となるのではないかと心配である。

こう考えると、現在の子どもたちの祖父母にあたる世代の人たちは、日本を戦後の焼け野原から先進国までに建て直してくれたのであり、そのことには感謝しなければならないが、子どものしつけに関しては重大なミスを犯したのではないだろうか。

どこへ消えたんでしょうか?

新聞の投書欄を読んでいると最近、公共の場所での携帯電話の使用や女性の化粧、子どものしつけに無関心な親などのマナーの低下を嘆く投書をよく目にするが、このような投書を読んでいると思わず「そうそう」とうなずきたくなってしまう。

私の周りを見渡してみても、一体どういう神経をしているのだろうと疑問符をつけたくなるような人が多い(相手からみれば私のような人間が非常識に映るのかもしれないが…)。

マナーの低下の中でも携帯電話や子どもの振る舞い、歩きタバコがとくにひどい。

携帯電話は、電車の中で大声で話しているのをよく目にするし、先日はクラシックのコンサートの最中に携帯電話を鳴らしている大バカ者がいた。

電車の中で大声で話をする人は携帯電話で話をすることが「かっこよさの象徴」?とでも思っているのかもしれないが、周りの人でそんなことを思う人はほとんどゼロに近いだろうし皆が携帯を持っているからお互いさまだと思っていたら筋違いもいいところである。

中には、私のように携帯電話を持たない人間もいるし、電車の中で読書をしたり、睡眠をとったりと静かに過ごしたい人もいるはずである。仮にいなかったとしても電車やバスなどの公共の機関では周りに迷惑にならないようになるべく静かにするのがスジであるし、ましてやクラシックのコンサートの最中に携帯電話を鳴らすなどという行為はコンサートにくる資格がないと言えるだろう。

クラシックのコンサートの最中に音を立てないようにするのは常識以前の問題だし、会場でも始まる前や休憩時間などに「携帯電話の電源を切るなどして音が出ないようにしてください」と再三、注意をうながす放送が流されているのである。

それにもかかわらず、携帯電話を鳴らしたということはうっかりでは済まされないし、それ以前に周りの観客はもちろんのこと「プロ」として最高の演奏をと苦心しているオーケストラの人達に対しても大変失礼だし、コンサートそのものも台無しである。

また、歩きタバコ（そんな言葉があるかどうか知らないが）も非常に迷惑である。

人がタバコを吸う分にはとやかくいうつもりはないが、繁華街などの人込みの中で歩きながらタバコを吸う人は許せない。

以前、新宿の地下街を歩いていたときに急に手が熱くなったのでなんだろうと思うと、隣を歩いている人がこの「歩きタバコ」をしていたため、その火が手にあたったのである。

幸い、やけどをするほどまでには至らなかったが、服にあたっていたら焼け焦げができて服が台無しになるところであった。

それ以来、人込みを歩くときは「歩きタバコ」をしている人がいないかどうか注意をするようになったが、見ているとこれが多いのである。

たいていの人は火の付いた方を内側にむけて手でかくしながら吸っているが、その程度で周りの人間にあたらないとでも思っているとしたら大間違いである（現に私自身が「被害」にあっているし、他にも同様の経験をした人もいる）。

これを読んで身に覚えのある人や「歩きタバコ」の経験のある人は是非ともやめて欲しいところである。

大人でさえ、このような有様なのだから、こんな大人に育てられた子ども達もひどいものである。

子どもの振る舞いについては、前にも書いたがスーパーや電車の中で大騒ぎしたり、プールで泳いでいると平気で前を横切ったり、コースロープにぶらさがって隣のコースから足を突き出すなど、子どもとはいえ非常識すぎるように思える。

我々も子どもの頃は多少は電車の中で騒いだりしたことはあるが、今の子どもほどひどくはなかったし、プールで泳いでいる人の邪魔になるような行為は危険だからと注意を受けていたので泳いでいる人の目の前を平気で横切るようなことは間違ってもしなかった。

思うに、このような人達は自分さえ良ければいいという考えなのではないのだろうか。

私も個人主義的なところがあるが、ただ自分勝手に振る舞うというのではなく、「人は人、自分は自分」という考えであり、基本的には人それぞれ考えが違うのだから他人のことをとやかく言う必要はないと思っている。

しかし、先に書いたような非常識な振る舞いはしないし、公共の場所では守るべきマナーというものがあると認識している。

ただ、周りに合わせれば良いというものでもないが、最低限のマナーを守るのは人間として当然の行為ではなかろうか。

いつからこんな風になったのかは知らないが、最低限のマナーを守れないということが何を意味するのか、なぜマナーを守らなければならないのかということをよく考える必要がある。

それにしても、いままであったはずのマナーはどこへ消えたんでしょうか？

女子プロレスにはまる

先日、初めて女子プロレスを生で見てきた。

最初は行く予定などなかったのだが、学生時代の友人と電話で話をしたときにいつも一緒に行く人が急に都合が悪くなったということで、券が一枚余ってしまったから行かないかという話があった。

女子プロレスといえば、昔は全日本女子プロレスしかなかったが、現在は女子のみの団体だけでも七団体ある。今回はそのうちの一つであるガイアジャパンの試合を見てきた。

友人がプロレス観戦が好きで、長与千種率いるガイアジャパンの試合を見に行っているのは知っていたが、私はたいして興味はなく、毎月のように見に行っているという友人をつかまえて「ガイアジャパンのスポンサー」などと冷やかしていたくらいであった。

プロレスは、中学生のころにジャイアント馬場やアントニオ猪木、女子プロレスのクラッシュギャルズの試合をＴＶ中継で見た程度で、それ以降は大仁田厚がＦＭＷに復帰したときに無料招待券が手に入ったので一度だけ生で見に行ったことがあったが、その時もそれほど面白いとは感じられなかった。

そんな私がなぜ、女子プロレスの観戦に行ったかというと、せっかくの機会だからためしに一回くらい見ておくのも悪くないかなと思ったのと子どものころ、テレビ中継で見ていた長与千種を「生」で見られるといった程度の理由である。

観戦の動機がいい加減な理由だったため、実際に会場に行くまでにはどんな選手が出場するのかもロクに知らない状況で、当日会場で配られた対戦カード表を見てもガイアの若手選手はほとんどが知らない人であった。

それでも、対戦相手はライオネス飛鳥やアジャ・コング、中山香里といった私でも知っている選手の名前が載っており、これらの人達を「生」で見られるなんて来たかいがあったもんだと内心、一人で喜んでいた。

ライオネス飛鳥やアジャ・コングはテレビで見ていたし、中山香里は以前、FMWの試合を見に行った時に出場していたので知っていたのである。

後で知ったことなのだが、この時はライオネス飛鳥やアジャ・コング、ラスカチョーラス・オリエンタレス、OZアカデミーが結合してフリー同盟「スーパースターズユニット（通称SSU）」（現在はOZアカデミーとSSUの二派に分裂したのちSSUは消滅）を結成してガイアの前に立ちはだかっていたのだが、当時の私はそんなことなど知るよしもない。

子どものころに見ていたきりで、それ以降は全日本女子プロレスが倒産したということや長与千種がガイアジャパンを旗揚げしたという程度の知識しかなかった私としては時代の流れを感じずにはいられなかった。

さて、会場に入ると入口の正面でガイアジャパンのグッズを売っていたのでのぞいて見るとパンフレットや選手のブロマイド等が所狭しと並べられており、壁にはTシャツがぶらさがっている。

私は、こういう「その場でしか手に入らないであろう」というTシャツを記念に買うのが好きでこれまでも工場見学やイベント会場などで記念のTシャツを買っていた。

せっかく来たのだから記念にGAEAとプリントされたTシャツでも買おうかと思い、サイズを聞いてみるとフリーサイズしかないという。

ちなみに私は、身長が百八十センチのため、いつもLLサイズなのでTシャツを買うのをあきらめ、パンフレットでも買おうかと思ったが、確か二千円くらいしたのであきらめた（働いているので二千円程度の出費に困るほどでもなかったが、薄っぺらいパンフレット（失礼）でそれだけのお金を払う価値があるとは思えなかった）。

観戦する座席はリングから三列目くらいで、リングアナや関係者が座る席の後ろであり、ホールのステージ側であった。

初めて入った後楽園ホールはテレビで見るのよりも意外とこじんまりした造りであるという印象を受けた。

席について始まるのを待っていると場内が暗くなった。リングにスポットライトが当てられるとリングアナが上がり、ガイアジャパンの選手を一人ずつ呼び、全員がそろったところで代表選手のあいさつが始まる。

この代表選手のあいさつは、友人の話によると毎回違う選手が行なうとのことで、この時はKAORUというガイアジャパンの中でも上位の選手であった。

あいさつが始まって間もなく、SSUの選手が会場へ乱入してきた。

すかさず、あいさつをしていたKAORUが手にしていたマイクで「まだ、あいさつの途中だぞ！」と牽制した。場内からは「帰れ！」というヤジも聞こえる。

しかし、SSUの選手はそれに構わず、ライオネス飛鳥が木村氏という人（統括とかいう肩書だったと思うが何をしている人かはよくわからない）をつかまえて「この間の解答はどうなっているんだ！」と詰め寄る。

それに対し、この木村氏は「ここにあります」とファイルを手に掲げ、リング上へ。

「それだけではわからん！」というライオネス飛鳥の声に答えて（？）内容を読み始めた。

内容はというと、四月四日に横浜で行なわれるライオネス飛鳥対長与千種の試合で勝った方がガイアジャパンの興行権や肖像権などの諸権利を手にすることができるというものであった（この時は、その前哨戦である三月二十二日の試合であった）。

それが済むといよいよ試合開始となった。

最初の二試合は、ガイア、ＳＳＵ共に若手のシングルマッチで場外乱闘や流血もなく、特別面白くもなければ、つまらなくもないという試合であった。

三試合目は、共に中堅あたりと思われる選手同士のタッグマッチだったが、タッグマッチならではの共同攻撃や四人入り乱れての乱戦などもあり、なかなか面白い試合であった。

三試合目が終了したあと休憩を挟んでセミファイナルのタッグマッチが行なわれる。

ガイア側は、里村明衣子と加藤園子という、いずれも二十歳前後の若い選手なのに対し、ＳＳＵ側は、ライオネス飛鳥とアジャ・コングというベテラン二人組の対戦である。

ＳＳＵの二人にとっては、たいしたことのない相手だと感じられるらしく、アジャ・コングは灯油缶（？）を両手に持って入場するなり、ロープに腰掛けてあくびを繰り返していた。

さて、試合はというと里村がゴングの鳴る前にアジャ・コングの背中へ突撃するところから始まると間もなく場外乱闘となり、SSUの二人がガイアの二人を捕まえて客席の中を引きずり回す、灯油缶や椅子で殴りつけるなど素人の私から見れば大荒れの展開だったが、結局はSSUの二人がガイアの二人に勝った。

勝ったアジャ・コングはリングに座り込んでいる里村に対し、水を頭からかけるとマイクを手にし、「おい！ ハエとウジ虫改め加藤と里村、今日からはそう呼んでやる」「四・四ではまずお前らからやっつけてやる。そうすればいやでもあいつ（長与千種）が出てくるだろうからな」と言い残し引き上げていった。

次のメインイベントはいよいよ長与千種の登場である。

ガイア側は長与千種と山田敏代、SSU側は尾崎魔弓と下田美馬の四選手によるタッグマッチである。

試合のほうは、SSU側が机や椅子などの凶器（当人たちは大道具、小道具と呼んでいるらしい）を持ち出したため、ガイア側の二人は顔から血を流しながら戦うという事態となった。

おまけに、レフリーがカウントを取る際に二カウントと三カウントの間が不自然に長かったため、会場のファンは納得せず、ブーイングの嵐となったため再度試合をやり直すという事態となったが、結局はガイアの二人が負けてしまった。

試合の後、ガイア側とＳＳＵ側の選手の間でさらに乱闘があるなど、四月四日に予定されているガイアジャパンの旗揚げ四周年大会に向けて盛り上がりを見せていた。

この日の結果は、最初の試合だけがガイアの選手が勝っただけであとはガイアの選手が負けてしまうというガイアのファンにとっては物足りない内容であった。

しかし、この日の観戦で私も遅ればせながらすっかりガイアのファンとなってしまい、当初はまったく行く予定のなかった四月四日の試合も見に行きたくなり、その場でチケットを購入したが、残念ながら仕事の関係で行けなくなってしまった。（文中、敬称略）
※筆者注　プロレスファンの方はお気づきかもしれませんが、文中に登場する選手の所属や日付は九九年当時のものであり、現在とは異なっています。

さすがプロ

先日、生まれて初めていわゆる〝ツーショット写真〟を撮った。

ただ、〝ツーショット写真〟といっても彼女ができたわけではなく、相手は女子プロレスラーである。

「何でまた女子プロレスラーの人と？」と思われるかもしれないが、きっかけは後楽園ホールへプロレス観戦に行ったときのことである。

会場へ入るとグッズ等を売っているところの片隅で選手とのツーショット写真の希望者を募っていたので行ってみると、女子プロレスの選手と写真を撮り、希望の品物にプリントして送ってくれるというサービスをしていた。今回は全日本女子プロレス（以下全女）所属の納見佳容選手だった。

私が全女の試合を見に行くのは、この納見選手と、彼女とコンビを組んでいる脇澤美穂選手、この二人の選手を応援するためだったので記念に写真を撮ってもらうというのはいい機会だった。

しかし、私は生まれてこのかた特定の女性と交際したことがないという人間だったため、いまだに〝ツーショット写真〟を撮ったことがなく、どうせ撮るなら最初の一回くらいは彼女と撮りたいというつまらぬ思いもあった。

だが、一方では、恋人なんていつできるかわからないし、こんなに可愛い女性と〝ツーショット写真〟を撮る機会などこんなときでもなければないだろうから撮っておいた方が良いのではないか？という思いもあり、両者が交錯した状況であった。

どうしようかとしばらく考えていたが、とりあえず値段を聞いた上で決めようと思い受付場所へ行き値段を聞いてみた。

値段は、撮った写真をプリントする品物によって異なり、Tシャツだと高く、確か四、五千円でテレカやパネルだと二千三百から二千五百円くらいだったので、せっかくだから記念に撮ってもらおうと思いパネルを申し込んだ。しかし、送料がかかるため三千円になってしまったがまあいいだろう。

申し込みの伝票を記入して、代金を支払うと休憩時間に撮影をするので時間になったらこの場所へ来るようにとのことであった。

申し込んだまでは良かったが、何せ女性と〝ツーショット写真〟を撮るなんて初めての経験なのでなんとなく落ち着かない。

その上、「お相手」の納見選手は第一試合の出場であったため「もし、ここでケガでもして中止になったり、他の選手に変更などとなったら」と思うとさらに落ち着かない。

だが、納見選手はケガをすることもなく、なんとか無事に試合を終えてくれたときはなんだか身内の人間の試合が終わったかのような安心感に包まれた。

さて、休憩時間になり指定された場所へ行こうと人込みをかきわけながら歩いていると「納見選手とのツーショット写真を申し込まれた方は写真撮影を始めますので来てくださーい」という声が聞こえて来たので早く行かなければ間に合わないのではないかと思い、急いで指定された場所へ行きさっきの伝票を見せると「少々、お待ちください」という返事。

どうやら、本人がまだ来ていないらしく、すぐには始まらないようである。

「だったら、すぐにでも始めるような言い方をするな！」と思いながら周りを見てみると同じ伝票を持った人が数人集まっていた。

しばらくして、納見選手の登場となり順番に撮影を行なうことになったのだが、ここであわててミーハー（古い表現ではあるが）のように思われたくはないという変な見栄と、どんなものか様子を見ようという思惑から三番目に撮ってもらうことにした。

私は、〝ツーショット写真〟などといってもただ二人並んで写真を撮って終わるだけだろうと簡単に考えていたのだが、実際に自分の番になってみるとカメラへ向かって立っている私の横へ納見選手が来たかと思うとピッタリと横へくっつくようにして並んできた。

女性に対する〝免疫〟のない私としては予想外の展開にただただ驚いてしまい、出来上がった写真もひきつった顔の男が写っていた。

そんな私に対して納見選手の方はというと百八十センチもある私との身長差を縮めるために自分は背伸びをし、カメラ目線で笑顔で写っていた。

女子プロレスも一種の客商売とはいえ、好みでもない異性と並んで笑顔で写真を撮るなどというのは自分にはできないなあと思うとともに、一枚の写真だけでプロと素人の差がはっきりと表れており「さすがプロ」と感心してしまった出来事であった。

運転手失格？

運転手失格といっても、別に車の運転をしていて事故を起こしたとか免許停止や取り消しの処分を受けたりしたとかいうのではなく、ゲームの中での電車の運転の話である。

ソニーのプレイステーションのゲームの中の一つで「電車でＧＯ」という、電車の運転手を疑似体験できるというゲームがあるのだが、これがなかなかうまくいかないのである。何せ、コンピューターゲームといえば、中学生の頃に一番最初の〝ファミコン〟で遊んだくらいで、その後はごぶさたしていたのだが、子どもの頃は電車に乗ると運転席のすぐ後に陣取って、運転席の中の様子を見ながら自分でも一度は運転してみたいと思っていたこともあったので、是非ともやってみたいと思い早速、購入してやってみたのである。しかし、これが難しくてなかなか思うように事が進んでくれない。

子どもの頃に運転席のすぐ後ろに陣取って中の様子を見ていたときは、マスコン（車のアクセルのようなもの）で加速し、駅に着いたらブレーキをかければ良いだけではないかなどと簡単に考えていたのだが、このマスコンとブレーキの加減が非常に難しいのである。

最初は、入門モードという基本的な運転の方法を教えてくれるモードがあり、指示に従って運転すると「なあんだ意外と簡単ではないか」というふうに感じてしまうのだが、いざ、業務用モード（実際のゲーム）でやってみるとそれがいかに甘い考えであるかということを思い知らされるのである。

業務用モードは、四路線ある中から一路線を選んで走るのだが、山陰本線が初級で山手線、京浜東北線、東海道本線が上級となっている。そこで、まずは、初級の山陰本線から試してみることにした。ゲームの内容としては、画面の左上に次の駅の到着予定時刻が、その下に現在の時刻が表示され、さらにマスコンとブレーキのメーターや速度、次の駅での停車位置までの距離を示すメーターなどが表示されており、これらを見ながら与えられた持ち時間三十秒以内で終着駅へ到着しなければならないというものである。しかし、あらゆるところに減点となる箇所があり、与えられた持ち時間以内で走破するのは非常に難しいのである。

まず、始発駅で扉が閉まったことを確認するランプが点灯したらブレーキを解除してマスコンを入れて電車を発車させるのだが、ここでランプが点灯する前にマスコン入れてしまうと減点の対象となる。

発車をさせてからも、ただ、時間内にやみくもに走れば良いというのではなく、速度制限や注意信号による減速の指示が突然あらわれるので、あまり飛ばしすぎると指定された速度に落とすことができずに減点となってしまうし、だからといってのんびりと走っていると定刻を過ぎてしまい減点の対象となる。

他にも、トンネルや鉄橋などの指定された場所で警笛をならさなかったり、逆に必要もないのに警笛を鳴らしてばかりいても減点となる。

しかし、減点ばかりではなく、トンネルや鉄橋、あるいは踏み切りや線路添いにいる保線作業員の人、見通しの悪い駅に進入するときなどに警笛を鳴らすと逆に点数が加算されるのだが、これらの加算ポイントでの警笛を鳴らすか否かという判断をするにあたっては、子どもの頃に運転席のすぐ後ろに陣取って中の様子を見ていたときの経験が役立った。

人間何が幸いするかわからないものである。

しかし、これらをどうにかクリアして駅に着いたとしても今度は指定された位置に止めるのが至難の業なのである。

目標地点の何メートル前からどのくらいの加減でブレーキかけるかというのがわからないとうまく止めることができず、何メートルか手前で止まってしまったり、行き過ぎてＡＢＳ（自動列車停止装置）が作動してしまい、電車に乗っている女子高生風の女の子が現われて「ちょっとー、どういうつもりー」などと言われてしまう。

この女子高生風の女の子は誤って非常ブレーキをかけてしまった時などにも現われ「キャー」と悲鳴を上げながらひっくり返ったりするなど、プレーヤーにとってはあまり登場願いたくないキャラクターである。

それでも、たまにうまい具合に定位置に止めることができることもあるのだが、夢中でやっているためブレーキをどのあたりからかけたのかなどということはまったく覚えていない（そもそもうまくいくと思って行なっているのではなく、たまたまうまくできただけのことである）ため、うまくいかないことが多く、減点ばかりされてしまい、すぐに運転終了（ゲームオーバー）となってしまうのである。

そんなことを繰り返しながらも懲りずにゲームを続けていたある日のことである。その日は京浜東北線を走っていたのだが、めずらしく途中までのいくつかの駅で合格範囲内で止めることができていた。すると突然、ボーナスゲームという画面が現われたのである。

何だろうと思っていると、操車場に電気機関車と貨車が止まっており、マスコンとブレーキを使ってうまくスピード調整をしながら時間内に双方を連結させるというものであった。

思いがけないボーナスチャンスに戸惑いながらも早速やってみたが、時間を気にするあまりスピード調整がうまくいかず、機関車と貨車は激突し、カタカナのハの字のようになってしまい大失敗に終わったため、ボーナスはもらえずじまいとなった。

しかし、これがゲームだからボーナスがもらえないという程度で済んだが、現実にこんなことになったら大事故であり、今頃は警察で事情聴取を受けているか重傷のけがを負って病院へ運び込まれていたであろう。

ボーナスはもらい損ねたものの、その時はすべての駅で合格範囲内で停車することができるという、「自己ベスト」を出した。しかしその時の走り方はまったくと言っていいほど覚えていなかったため、それ以降は元の状態に戻ってしまい、速度違反や停車位置のオーバーなどを繰り返しているのだった。「実際にこんな運転手の運転する列車が存在するとしたら間違っても乗車したくない」と言われてしまいそうな状態を繰り返しながら、「運転手失格」から脱出できる日を夢見て今日も懲りずに列車を走らせる日々が続くのであった。

独り暮らしの心配事

子どものころ独り暮らしに憧れていたことがあった。

別に親の家が居心地が悪かったというわけではなく、子ども心に一人で自由に暮らせるというのと独り暮らしをするということが、大人の証明であるような気がしていたのだ。

だからといって積極的に家を出ようという気にもなれなかったので就職をしてからもしばらくは親元から通勤していた。

そんな私も、実家から通勤できないところに転勤になり独り暮らしをするようになって六年になる。

実際に独り暮らしをしてみると、想像していたのとは大違いで家事全般をこなすのは大変だし、最初の頃は部屋に一人でいることがさみしく感じたりもしたが、時間の経過とともに一人でいる状態に慣れてくると今度はそれが快感に変わる。

何がそんなに快感なのかというと、(金銭面、時間などが) 全て自由なのである。

休みの日に、朝寝をしていたいのに「御飯よ」という声に起こされることもなく、トイレに入りたいときに先に入られて苦痛に耐えながら順番待ちをしたり、逆に「早く出て！」などとせかされることもない。

休日だからと子どもから「どこかへ連れていけ」などとせがまれ、わざわざ人込みの中へ入って行き、平日以上に疲れてしまったというようなこともない。

最初に感じるさみしさも慣れてしまえば、「静かなのもいいもんだ」と思うようになり、やがては人と一緒にいるとやかましくさえ感じることもある。

このように、独り暮らしは基本的に邪魔をする人がいないために全てにおいて自由気儘に暮らすことができ、またそれが独り暮らしの最大の魅力なのだが、一方ではこの「一人で自由気儘に暮らす」ということが、リスクとなって跳ね返ってくることもある。

夏休みや正月休みなどの連休に実家へ帰ると、「トイレの扉が開きっぱなし」だとか、「服を脱ぎ捨てるな」、「扉の開け閉めの音がうるさい」などと必ずと言っていいほど注意を受けてしまう。

普段は、誰も注意をする人がいないために、知らず知らずのうちにルーズになってしまっているようであり、独り暮らしの恐さを思い知らされると同時に実家から通勤なんてことになったら、毎日のことなのでリズムをとりもどすのが大変だろうなあと思う。

独り暮らしの恐さといえば、他にも病気と老後もそうである。

独り暮らしは楽でいいとか、静かでいいなどと言っていられるのは、健康な時に限った話であり、風邪をひいたりした時などは一人でいることがつらくなる。

何せ、頼れるのは自分一人だけなので、薬を買ってきてもらったり、食事の用意をしてくれる人は誰もいないから結局は全て自分でやらなければならない。

普段ならなんともない家事でも体調が悪いときには、ものすごく苦痛に感じられる。

特に、食事の支度などは、作って食べるまでは（食べなければ直らないという思いから）なんとかできるが、食後の後片付けとなると普段の何倍もきつく感じられる。

だからといってやらずに放っておいても山積みになるだけなので結局は片づけることになるのだが、この時ばかりは、「誰かいてくれたらどんなにいいだろうか」と思う。

まだ、風邪ならば多少体がきつくても手足が動くからいいが、これが手足の骨折なんていったら手足の自由がきかない分もっと大変だろう。

老後に関しては、まだ経験もないし、実際そこまで生きているかどうかはわからないが、今のまま歳をとっていくわけではないだろうと思うと不安になることがある。

歳をとってもそれなりに自分の身の回りのことくらいはなんとかできればいいが、もし、体が不自由になってしまったらと思うと不安になる。

ただ、老後のことに関しては、今のところ当分先の話なので（とはいっても最近は時間の流れが随分と早く感じるのですぐにきそうな気もするのだが）それまでに状況が変わることも充分にありえるからあまり心配はしていないというのが本音である。

そう考えると独り暮らしというのも、若さと健康な体があってこそ楽しめるものなのだなあというのが独り暮らし六年目を迎えた私の実感である。

苦しいときのあるもの頼み

男が独り暮らしをする上で、いちばん問題となるのは食事である。

毎日作るのは面倒だからと外食で済ませる人も多いようだが、私は夕食に関してはなるべく自炊をするように心掛けている。

別に、自炊をするからといって栄養のバランスがどうのとかいうのではなく、単に外食が続くと食費がかさむ上にあきるからという程度のことである。

毎日のことではあるが、子どものころから料理番組が好きでよく見ていたくらいなので作ることはたいして苦にならないが、献立を考えるのはなかなか骨が折れる。

普段は、スーパーが開いている八時頃までに仕事が終わるという保証はないので週末にまとめて材料を購入するわけであるが、一、二日先の献立はすぐに頭に浮かんできても四、五日先に何を食べたいかを考えるのは容易ではない。

ましてや、安い費用で手間隙かけずにある程度満足感のあるものをと考えるとなおさらであり、結局はメニューがパターン化してしまう。

独り暮らしだから自分が良ければそれでも許されるが、主婦の人達は限られた予算と時間の中で家族の好みなどを考えながら献立を考えなければならないので、さぞかし骨の折れる日々を送っておられることだろうと勝手な想像をすると共に同情をしてしまう。

話は戻るが、一人で料理をしていて困るのが作っている最中に必要な材料がないことに気付いた時である。

家族がいれば、作っている間に子どもや夫（妻）に買ってきてもらうこともできるが、一人では当然のことながらそれができない。

このような事態を防ぐために、事前に買う物をメモしていた時もあったが、意外と面倒な上、調味料などは年中買うわけではないので、メモすることさえも忘れてしまうといったことを繰り返しているうちにいつのまにかやめてしまった。

では、どのようにしてピンチを切り抜けるかというと「家にあるもの（材料）を活用する」のであるが、ここでは具体的な例を二つほど挙げて説明したいと思う。

その一　かたくり粉でクリームシチュー

カレーとシチューといえば、ルーを変えるだけで異なる味の料理が簡単にできるため、普段料理をしない人が「自分ができる料理はカレーとシチューくらい」などと冗談めかして言うほどであるが、私はクリームシチューに関してはホワイトソースから作るようにしている。

その日もクリームシチューを作るため、ホワイトソースを作ろうとして台所の棚を見上げたら小麦粉がないことに気が付いた。

休日の昼間に作っていたので、スーパーへ買いに行けば済んだ話であったのだが、休日の昼間（特に午後一時～四時頃）はスーパーが一番混雑する時間帯であるため、小麦粉だけを買いに行くのも面倒になりクリームシチューをあきらめて牛乳味のスープにすることにした。

しばらく煮込んでいて、味付けをするため塩とコショーをとろうと思い台所の棚を見上げると先程は気付かなかったがかたくり粉が目に止まった。

そこで、半ば開き直って「味は同じなのだからとろみがつけばシチューらしくなるだろう」と思い、ためしにかたくり粉でとろみをつけてみた。

結果はというと、いささかコクが足りないような気もしたがそれらしいものが出来上がり、どうにか「クリームシチュー」が出来上がった。

その二　ツナ入り麻婆豆腐

スーパーなどでよく中華のレトルトの調味料を見かけるが、自炊をする独り暮らしの人間にとっては材料の肉や野菜を切って炒めて混ぜればすぐにできるし、種類も豊富で日持ちもして便利なので安売りをしている時にまとめて買っておいてよく利用している。

ある日、麻婆豆腐を作ろうとしたら挽き肉を買い忘れていることに気が付いた。

この時は、夜遅くであったため、スーパーは閉店していて買いに行くことはできなったので翌日に持ち越そうかとも考えたが、豆腐が賞味期限ギリギリだったか一日程度過ぎていたかで、その日に食べてしまった方が良いのではと思われた。

豆腐を使った料理など作ろうと思えばいくらでもあるだろうが、普段からレパートリーが少ないのが災いして代わりの料理も思いつかずにいた。

どうしようかと思いながらふと例の台所の棚を見上げると、そこにはツナ缶があった。

これも日持ちもするので安売りをしている時に買っておいたものであるが、ツナ缶を見て子どものころ、テレビのコマーシャルで「カレーの中にお肉の代わりにツナをいれてもおいしい」というのを見たことを思い出し、「カレーにもあうのだから中華にもあうのではないか」というほとんどこじつけとも言える発想で挽き肉の代わりにして麻婆豆腐をつくることにした。

結果はというと、やっぱり挽き肉を入れた方がおいしいと感じられ、クリームシチューのときのようにはうまくはいかなかったが、それほどまずくもなかった。

他にも似たような例はあるが、紹介できるようなものではないのでここでは書かないでおく。

また、ここで書いた二例もあくまで非常手段として単なる思いつきで作ったものに過ぎず、マネをすると家族のひんしゅくをかう恐れがあるのでやめておいた方が賢明ではないかと思う（そんな人はいないと思うが…）。

憧れの専業主夫?!

私は、現在独り暮らしをしているので日中は仕事に行って夜や休日に家事を行なうという「兼業主夫」であるのだが、仕事と家事の両立というのはなかなか大変である。

〝仕事と家事の両立〟といったところで独り暮らしなんだからたいしたことはないだろうと思われるかもしれないが、炊事、掃除、洗濯、アイロンがけ等々を一応はこなしている日々を送っている。

とは言っても所詮は独り暮らしなので、その利点を生かして面倒な時は食事は外食にしたり、掃除も平日は帰りが夜になるため近所の迷惑を考えるとさすがに掃除機をかけるわけにはいかないので、休日はなるべくやるようにしているが、面倒な時は省略したりする上、子どももいないので本職(?)の兼業主婦に比べればかなり楽な部類に入ることになるだろう。

しかし、いくら独り暮らしの利点を生かしても大変なことに変わりはないので時々いっそのこと〝専業主夫〟にでもなれたらいいなあなどと思ってしまう。

というのも先に記述したように家事はひととおりこなすことができるし、また好きなのである。

代休や休暇などで平日が休みの時などは開店直後のガラガラに空いたスーパーでのんびりと買い物をしたり、学校や会社へ出かけたあとの静けさのなかでふとんを干したり、太陽の光を充分に受けた洗濯物を畳んだりするのが好きだし、子どもの面倒を見るのも好きであるので、我ながら〝専業主夫〟としての「適性」があるのでは？と思う。

〝専業主夫〟になれば、会社に行くこともなく、毎日家事をこなしていればいいわけだし、会社の仕事のように何時から何時までは何をしなければならないという時間的な拘束を受けることもないので、自分で時間をうまくやりくりすればある程度のまとまった自由時間がとれるだろう。

そうすれば、その自由時間を生かしていろいろと好きなこと（例えばエッセイを書いて出版するとか、ピアノや習字を習い近所の子どもに教えるなど）ができるし、うまくいけばそれで自分のお小遣いくらいは稼げるようになるだろう。

しかも、生活がかかっているわけではないので自分がイヤにならない範囲でやることが可能である。

その上、近所のイヤな人間（俗に言うウマの合わない人）とまともにかかわり合わなければならないということもないだろう（イヤならイヤで適当にあしらっていれば済む話だろうから）。

このように書いていると専業主婦の方から「専業主婦だってそれなりに大変であり、はたで思っているほど楽なものではない！」とお叱りを受けそうであるが、家事の好きなサラリーマンの私から見ると時間の大半を仕事に費やすことなく、自由な時間を持つことができるし、イヤな人間ともまともにかかわり合わなくて済むというのはうらやましい限りである。

もちろん、一口に専業主婦（夫）といっても千差万別であるので、先に記述したような〝理想的な専業主婦（夫）〟になるにはいくつかの条件をクリアしなければならない。

まず、夫（妻）になる人の収入が安定していることが求められる。

夫（妻）が、毎月安定した収入を得ることができなければ、専業主婦（夫）の特権を生かすことはまず不可能である。

また、いくら収入が安定していてもギャンブルなどを派手にやるようではなんの意味もないし、こちらの苦労も絶えないということになりかねない。

次に、夫（妻）が専業主婦（夫）の立場に理解を示してくれることが求められる。

よく、専業主婦（夫）のことを「三食昼寝つき」などと小馬鹿にする人がいるが、こういう人を夫（妻）にすると何かにつけて「俺（私）に食わせてもらっているくせに」というようなただの「扶養家族」扱いされてしまい、専業主婦（夫）であるがために余計なストレスを抱えることになってしまう。

さらに、小さい子どもがいると大変である。

子ども（特に小学校へ上がる前くらいまで）がいると何かと子どもの世話に追われてしまい、自分の時間を持つことは難しい。

しかし、考えようによっては子どもがいることによって心がなごむこともあるだろうし、自由時間が少なくなることによってかえって時間を有効に使えるようになり、充実した生活が送れるようになるかもしれない。

そして、何よりも大事なのは自分のやりたいこと、目的をしっかりと持つことである。

いくら、安定した収入があり、専業主婦（夫）に対しても一定の理解を示してくれて賭け事などは一切やらないというような〝理想の夫（妻）〟を得られたとしても肝心の自分自身がしっかりとしていなければなんの意味もなく、「三食昼寝つき」などと言われても仕方のない状況になってしまう。

その点、私は（自画自賛になるが）家事や子どもの面倒を見るのは好きだし、自分なりに目的ややりたいことも持ってはいるので、あとは安定した収入があり、家庭的でこんな私を理解してくれるパートナーを見つけることなのだが、今のところそのような人とは巡り会えず、今後もその予定はない。

誰か、「憧れの専業主夫」から〝憧れ〟の二文字をとってくれる女性がいないかなあと思いつつ、今日も仕事と家事の両立に苦労する私なのであった。

気になる存在

時々、右肩がかゆくなるときがある。

三年前に手術した傷痕がその原因なのだが、この手術で初めて病院の手術室なる部屋へ入り、自分が患者として手術を受けた。

事の始まりは手術を受ける一ヵ月くらい前にさかのぼる。

ある日、ふと鏡を見ると自分の右肩が盛り上がってコブのようなものができているのに気が付いた。

この箇所は、この時より四、五年前にも一度吹き出物のようなものができ、それが化膿したために近所の病院で切開して膿を出したことがあった。しかしそれ以後はなんともなく落ちついていたのでそのままにしていたのだが、何かの加減で再発したらしい。

触ってみるとプヨプヨした感じで膿がたまっているようであったがしばらく様子を見ていた。

しかし日増しに大きくなってきたので病院へ行くことにした。

この場合は、どこの病院がいいかと思い、タウンページを調べてみると整形外科の病院は近所に一軒しかなかったのだが、入院設備も整っているところだし、しばらく通院というようなことになったら近いほうが便利でいいのではと思いその病院に行くことにした。

初めて行った日は土曜日のせいか待合室は大勢の人でにぎわっていた。

手続を済ませて診察の順番を待っていると患者を呼ぶ場内放送が聞こえるのだが、一回につき五、六人ずつ呼ばれているので何人かのお医者さんがいて治療をしているのだろうなと思っていた。

ところが、いざ自分の名前を呼ばれて診察室に入ってみると広々とした部屋にところせましと患者が詰め込まれているではないか。

驚いてあっけにとられていると看護婦さんに「こちらへどうぞ」と診察室の一角に案内された。患部が肩だったため、上半身裸となり、ふと周りを見渡すとお医者さんは一人だけで部屋のなかを忙しそうに指示を飛ばしながら歩いている。

そうこうしているうちに私のところへやってきて肩の患部を診察した。

診断は化膿性噴流とのことでとりあえず切開をして膿を出すことになり、看護婦さんに切開の準備をするように指示をするとまた、他の患者さんの治療に行ってしまった。

その間、診察台の上にうつ伏せに横たわって切開されるのを待っていた。

しばらくすると先程のお医者さんが戻ってきて肩に麻酔の注射をし、メスを入れたかと思うと「後はお願いします」と言い残してまた消えてしまった。

お医者さんが消えた後は、看護婦さんが患部を圧迫して膿を懸命に出してくれていた。ある程度膿が出たところで、とりあえず治療は終了となり、傷口にガーゼをあてられた。無事に終わってホッとしていると「点滴を行なうから廊下で待つように」と指示されたので廊下で待っていると名前を呼ばれて別室へ案内された。

別室に入ると椅子に座らされて最初に腕に薬品を一滴たらし、点滴が可能かどうかという「適性検査」が行なわれた。

結果は「合格」だったらしく点滴を受けることになり、看護婦さんが腕に針をさし込むと「苦しくないですか」と聞いてきた。

だが、このとき生まれて初めて点滴を受けた私としては「苦しい」とはどういう状態か分からなかったので「大丈夫です」と答えておいた。

点滴が始まると「液がなくなったらブザーのボタンを押してください」と言い残し部屋を出ていった。

一人取り残された私は、点滴の液が減っていくのを見ながらひたすら終わるのを待っていたのだが、しばらくすると針がささっている辺りに違和感のようなものを感じた。しかし点滴とはこんなものだろうと思いそのままでいた。

液がなくなったのでブザーのボタンを押すと看護婦さんが来たので、終了した旨を告げると看護婦さんは私の腕をみるなり「液がもれてる」と言ったのでてっきり点滴の液が外へもれていたのかと思い「入ってなかったのですか?」と訪ねると「本来は血管の中に入るべき液が針を刺した周辺の皮膚の中に入っていた」とのことであった。

どうやら、点滴の最中に感じた違和感のようなものは液がもれていたことによるものだったらしい。

とりあえず治療はそれで終わったが、肩の腫れはまだひかず、しばらく通院することになった。

その夜、風呂に入ろうとしてはたと困ってしまった。

肩をぬらすわけにいかないため頭を洗うことができないのである。

季節は初夏だったため肩から下はシャワーで済ませば良いが、頭はそうはいかないし、だからといってこの先何日も洗わないわけにはいかない。

そこで考えたのが、湯沸かし器を利用して台所で洗髪するという方法である。

私は、体が弱いせいかよく風邪をひいてしまうのだが、風邪をひいているあいだは風呂に入れないのでせめて頭だけでも洗いたいというときに使った方法を思い出したのである。イメージとしては、床屋さんの洗髪を立ったままで行なうようなものである。

この方法なら肩をぬらさずに洗髪できると思い早速実行したが、期待どおりの効果であり手術が終わって傷が落ちつくまで続けた。

その後の治療はガーゼ交換と膿を出すものであったのだが、これがどちらも痛みを伴なうものであり大変であった。

まず、患部の状態をみるためにガーゼをはがすのだが、テープで固定されているため、それをはがす時に痛い目にあう。

看護婦さんは手慣れたもので「ゴメンナサイネ」と優しい口調で断りと詫びをいれながら次の瞬間にはガーゼを引っ張るのだが、少しでも痛みが少なく済むように一度に思い切って剥がされる。

その瞬間、膏薬をはがすときに似た痛みが肩を走り、最初のうちはあまりの痛さに思わずビクッとなってしまった。

それが終わると今度は膿を出すのだが、その方法というのが医学の発達した現代でも看護婦さんが力まかせに手で押し出すという方法であり、この時にも痛みが走る。

看護婦さんの方も「痛いですか?」と聞いてはくれるが、大の男がこの程度の痛みでギャーギャーいうのもみっともないという思いと痛いと言うことによって膿が充分に出せなくなるのではないかという思いからつい「大丈夫です」と答えてしまうのであった。

しばらく、通院したところで化膿も落ちついて治療の必要はなくなったが、皮膚の中に袋状のものがあり、これを手術でとってしまわないと何回でも再発する可能性があるので手術してとってしまった方が良いと言われた。

手術と聞いててっきり入院が必要になるのでは?と思ったのだが、入院の必要はなく手術後十日程度の通院で済むという事だったので手術することにした(手術は、八月の第一火曜日に行なわれたために、その後お盆の期間中もずっと通院したため、夏休みは実家にも帰れずに通院だけで終わってしまった)。

今回の手術は局部麻酔で行なう簡単なものであったが、それでも承諾書の提出を求められ、そこには保証人の欄があった。

こういう場合の保証人は身内でなければいけないのかと思っていたが、意外なことに誰でもよいということであったので上司に頼んだところ快諾してくれた。

さて、いよいよ手術当日となったわけであるが、病院へ行くと二階のナースステーションへ通され、そこでまず手術衣に着替えるように言われた。

手術衣といってもビジネスホテルに置いてある寝巻のような服である。

次に、伸びていたつめを切ったり血圧測定をしたりして準備ができた後はその場で待機していた。

しばらくして私の番となり、手術室から看護婦さんが出てきて中へと案内された。

外科医が主人公のドラマなどで手術のシーンを見ていると非常に重苦しい雰囲気を感じるが、実際は音楽が流れていたりして意外とリラックスムードであり、ドラマとは違うなどと感じていると手術衣を脱がされ、下着一枚で台の上にうつ伏せで横にさせられ、両腕を前方へ出した恰好で上から見るとちょうどYの字のような感じである。

その上、手術をしやすくするために上半身が高くなるように台の高さを調整されたため、さながら戦いを終えて宇宙へ帰るウルトラマンのようであった。

ウルトラマン状態の私の体の上にはシーツのようなものが被せられ麻酔の注射が打たれて手術が始まった。

麻酔が効いているので痛みは感じないがメスがどのへんを切っているかという感触は伝わってくるなと思っていたらお医者さんが、「きれいにとれましたよ」と言った。

どうやら袋状のものはうまくとれたらしい。

それが終わると傷を縫合し、消毒をするのだがスプレー状の消毒薬を肩のあたりに大量に吹きつけられたので目にしみるのがつらかった。

手術が終わるとまた歩いてナースステーションへ戻り、例の点滴を受けてから着替えて帰った。

その後、抜糸や経過観察のために通院し再度、「ゴメンナサイネ」に始まるガーゼ交換を行ないながら順調に回復、十日程で終了した。これからは噴流が化膿する心配がなくなりひと安心であるが、今は最初に書いたかゆみが続いており、結局右肩は気になる存在（?）なのであった。

幻の胃潰瘍

ある日曜日の夜中（正確には月曜日）に突然、目が覚めると激しい胃痛に襲われると同時に吐き気がして慌ててトイレに駆け込んだ。

汚い話が続いて恐縮だが、トイレで少し戻したところでとりあえず吐き気は落ちついたものの胃痛は相変わらずひどく、とうとうその夜は満足に眠れないほどであった。

もともと胃腸はあまり丈夫でなく、それまでも時々痛くなることはあったが、これほどまでにひどい痛みは初めてであった。

ふとんの中で痛みに苦しみながら自分なりに原因を考えてみたが、思い当たるのは現在の職場へ転勤になったことによるストレスによって胃潰瘍か十二指腸潰瘍にでもなったのではないかということくらいである。

あれこれ考えているうちに朝になったのだが、相変わらず痛みはおさまらない。

ここで無理をしてひどくなったところで、自分が大変な思いをするだけで組織は何もしてくれないし、仕事など代わりの人間はいくらでもいるのだからと思い、休んで病院へ行くことにした。

今回も肩のときと同様、しばらく通院するようなことになったらと近所の病院へ行った。

病院の診察では、風邪をひいていないか、胃潰瘍や十二指腸潰瘍になったことはないか、食べすぎや飲みすぎていないかなどと聞かれたがいずれもあてはまらない。

次に、最近仕事は忙しくなかったかと聞かれたが、通常よりも忙しかったとはいえ胃が痛くなるほどでもない。

ほかになにか変わったことはあるかと聞かれたので一年前に転勤になったことを話すとお医者さんは「それかな?」と言い、「恐らく、転勤になって職場環境が変わったことによるストレスが原因で神経性の胃炎、胃潰瘍または十二指腸潰瘍が考えられるが詳しいことは中を見ないとわからないので胃カメラの検査をしたい」ということだった。

そのお医者さんの説明によると胃とは四層構造になっていて、ストレスなどにより血液の流れが悪くなると保護膜がうまく機能しなくなり胃酸で胃が荒らされてしまうのだが、一番上の粘膜が荒れるのが胃炎でさらに進むと胃潰瘍になり、やがては胃に穴が空いてしまうとのことであった。

胃カメラは経験がないことや経験者からもあまりいい話は聞いていなかったので抵抗はあったが、この際だからきちんと調べてもらった方が良いだろうと思い五日後の土曜日に検査をしてもらうことにした。

とりあえず、胃酸を抑える薬と精神安定剤を服用して様子をみることになり、その日は血液検査をするための採血と胃カメラの検査に関する説明を聞いて診察は終わり、薬局で薬をもらったのだが、薬の服用を説明するのに薬の名前やどの薬を指すのかという写真、服用にあたっての注意点、副作用まで書かれた紙が渡され、さらにそれにそって薬剤師さんが説明してくれるという念のいれようであった。

今は、何かと言えばすぐに訴えられるとはいえ、お医者さんの説明といい、薬局での説明といい随分丁寧な病院だなと関心してしまった。

さて、家に帰った私はふと困ってしまった。

食事のメニューの変更を迫られてしまったのである。

内蔵のことなので当然(?)のことながら食事に関する制限も指示され、辛いものや甘いもの、脂っこいもの、肉類は胃を刺激したり胃酸が分泌されるので控えるようにとのことであった。

言うのは簡単だが、これら全てを取り除いた食事というと野菜の煮物やおひたしくらいしか思い浮かばない。

これが、一日、二日ならまだしもこの先何日続くかわからないのにずっとこのようなメニューというのもつらいものがあり、どうしたものかと考えた末、とりあえず肉類と糖分は控えるようにし、油に関してはオリーブオイルを使用することにした。

この自己流の食事制限（と言えるかどうかわからないが）と薬の服用が効いたのかその後は空腹時にたまに痛む程度であとは落ちついていた。

胃カメラやバリウムの検査を経験された方はご存じだろうが、こういう検査は検査自体よりも前日の方が大変なのである。

前日は、夜の十時以降の飲食は禁止とのことであるのだが、夕食は早めに済ませればいいものの水分に関してはそうもいかない。

水を飲むのにも時計を見ながらとなってしまうし、その後も夜中に目が覚めたときや朝の起き抜けについ寝ぼけて飲んでしまったらハイそれまでヨとなってしまうので、うっかり水を飲んでしまわないように注意しなければと思うと落ちつかず、結局何もできないまま検査当日となってしまった。

当日は、十時までに病院へ来るように言われていたので九時過ぎに家を出てのんびりと自転車をこぎながら行ったら九時三十分ころについた。

受付を済ませて待合室で待っていると名前を呼ばれたので「いよいよ検査か」と思いながら看

護婦さんのあとについて部屋へ通されるとまず、血圧を測るとのことであった。

血圧測定を終えると検査は二階で行なうとのことで二階の入院患者のための談話室へ通され、「順番がくるまでテレビでも見て待っててください」と言い残して去っていった。

言われたとおりというわけでもないが、何もないところだったのでテレビを見ながら看護婦さんの「順番がくるまで」という言葉を思い出し、順番待ちをしなければならないほど胃カメラの検査を受ける人がいるのだろうかと驚いてしまった。

談話室では、五分と経たずに名前を呼ばれたので立ち上がると今度は別の看護婦さんが案内に来てくれたのだが、私を見るなり「随分、若い方なんですねえ」と言うではないか。カルテには年齢が書いていないのか、もっと年取った人間を想像していたのかは知らないが、初めての検査を前に緊張ぎみだったこともあり、どう反応したらよいのかわからなかった。検査室の前まで案内されると廊下の角に椅子が置いてあり、そこに座らされて麻酔をすることになった。

まず、舌に麻酔をするために、水飴のようなものを舌の上にのせてもらうのだが、女性に口の中へ物を入れてもらうなんていうのは、はるか遠い過去となった子ども時代に母親に食べさせてもらっていたとき以来で少し恥ずかしかった。

麻酔薬を舌の上にのせてもらった後は、上を向いて五分間じっとしていなければならないのだが、こういうときの五分間というのは非常に長く、五十分の間違いではないかと思えたほどである。

つらかったら途中でやめたり、前にあるお盆に吐き出しても構わないと言われていたが麻酔がきかなくなるのではという素人判断で勝手な心配をしてそのままでいた。

おまけに、場所は廊下の端であるため、病院の関係者や入院中の患者さんが通ったりもする。彼らには、見慣れた光景なのか気にも止めてない様子だったが、知らない人が見たらさぞかし滑稽な光景に見えるだろうなと思っていると五分経過を告げるブザーが鳴り、そのころには舌の感覚がほとんど感じられなくなっていた。

次は、のどの麻酔をするとかで今度はスプレー缶のような容器に入った麻酔薬を、テレビのCMで流れていたのどの薬のような感じで吹きつけるのであるが、またもや看護婦さんの前で口を開けて吹きつけてもらう。

これは、風邪をひいたときになめるトローチと似た感じのする薬であり、舌の麻酔薬よりも後味が悪いのだが、これを二回も吹きつけられた。

一通り終わった時点で看護婦さんに「のどの感覚はまだあるか？」と聞かれたので答えようとすると舌が麻痺しているため思うように言葉にならない。

それでもなんとかトローチと似た感じがすると話したところ、麻酔が効いているのかどうか判断がつき兼ねたらしく、「男の人はのど仏が邪魔するから麻酔が効きにくいので念のため」と言い、さらにもう一回麻酔をするはめになってしまった。

麻酔が終わってしばらくしたところで、先に検査を受けていた人が終わって出てきたので私の番となり検査室へ入っていった。

検査室へ入ると検査台の上へ仰向けに寝かされ、検査の説明が一通り終わると「今から台を上にあげます」といわれ、横になったまま上へあがったところで口にマウスピースのようなものをくわえさせられ、いよいよ検査が始まった。

マウスピースの真ん中に開いた穴を通して胃カメラの管が通されていくのだが、麻酔をしていてものどがつつかれているような感じがする。

しかし、話に聞いていた、のどのところでひっかかったり、もどしてしまうといったようなことは（お医者さんの腕が良かったのか）なかった。

お医者さんは、管を入れながら「今は食道のあたりを通ってます」とか「十二指腸を見ています」などとその都度〝実況〟をしてくれるのだが、こっちはモニターを見ているわけではないのでどんな状況かはさっぱりわからず、実況はいいから早く終わってくれというのが本音であった。

そのうち、「十二指腸には潰瘍はありませんね」と言われた。

十二指腸に潰瘍がないとすると残るは胃炎か胃潰瘍かということになるのでどちらだろうと思っていると無意識のうちにげっぷがでてしまった。

バリウムなどの検査では「げっぷをしてはいけない」と聞いていたので怒られてしまうかと思っているとそれを聞いたお医者さんは意外にも「ごめんなさい」とやさしく謝ってくれる。

なんだ、げっぷをしても平気なのかと安心したら再度げっぷがでてしまい、また「ごめんなさい」と謝ってもらうことになった。

続いて胃の中を見ることになり、「今から胃の中に空気を入れるのでげっぷをしたくなるかもしれないが我慢してください」と言われた。

その直後から空気が入ってきたのか、お腹が張って苦しくなる。

空気がたまっているのでげっぷをしたくなるのだが、我慢するように言われていたので抑えていた。しかしこれがなかなか終わる気配がないのである。

するとお医者さんは、「胃にも潰瘍はなく粘膜もきれいですね。何で胃が痛くなるのだろう?」などと言っている。

それを聞いて異常がないことに安心するとともに、意地の悪い見方をすればまるで仮病でもつかっているように聞こえ少し不快になった。

我慢するのも限界に達し、とうとうげっぷをしてしまうと三たび「ごめんなさい」と詫びが入り、「あとは引き上げるだけで、もう少しで終わりますから」と言ってから間もなく管は引き出されて検査は終了となった。

結果はというと胃炎や潰瘍といった症状は見られず、ストレスが原因で一時的に胃酸が多く出たことにより胃が荒れたのだろうから、引き続き胃薬と精神安定剤を服用して様子を見るとともにスポーツや旅行などをして気分転換をはかるようにとのことであった。

今回の検査を通じて感じたのは看護婦さんの親切な応対である。

それが仕事だと言ってしまえばそれまでだが、検査が終わって台の上に起き上がったときにすこしボヤッとしてしまったのだが、すかさず「大丈夫ですか」と声をかけてくれたり、検査室を出て待合室へ戻ろうとしたときも初めての病院であったため、うっかり逆の方向へ行ってしまいどうしたらいいかと迷っていたら、「逆の方向へ行くのが見えたから」とわざわざ追いかけてきてくれて待合室まで案内してくれたりといろいろ親切にしてもらった。

よく、男の入院患者のなかに看護婦さんの『仕事上の親切』を『自分に対する好意』と勘違いしてしまう人がいるらしいが、毎日のようにこんなに親切にしてもらっていれば勘違いする人がいるのも無理はないなあと変な関心をしてしまった。

こだわりを捨てたら

二十代も後半にさしかかり、三十歳を目前に控えるようになった私であるが、三十歳という一つの節目となる歳を迎えるに当たり、これまでの人生を振り返ってみたのだが、十代と二十代とでは考え方が大きく変わっていることに気がついた。

どこが変わったかというと二十代の自分は十代の頃の自分に比べて「こだわらなくなった」のである。

その違いは、私の趣味の遍歴を見れば明らかである。

十代の頃の私は、(いまになってみれば)変なところにこだわっていたように思う。

当時の趣味といえば、読書(マンガを含む)や音楽鑑賞、野球観戦といったものであり、他のことには興味を示さなかった上、これらの趣味の〝中身〟にもこだわっていたのである。

読書といえば、自叙伝しか読まなかったし、マンガは四コマ漫画、音楽は特定の歌手の歌謡曲といった具合であった。

なぜ、こんなに「限定」されているかというと小説は作家が勝手に書いた作り話に過ぎないし

（作家の皆さんゴメンナサイ）、ロックはやかましいだけだし、クラシックはわからない上に堅苦しいといった具合に他のジャンルのものはつまらないと勝手に決めてかかっていていわば「食わず嫌い」の状態であった。

今になってみれば随分損をしたなあと思うが、当時は親からおこづかいをもらっていた身分で自由になるお金も少なかったし、若げの至り（？）も手伝ってか、たいして気にもならなかった。

そんな私がなぜ、こだわりを捨てるようになったかというと大きくは二十代になって社会人になったこと、小さくはクラシックを聞くようになったことである。

社会人となり、働くようになってからしばらくは家と職場の往復を繰り返す日々を送っていたのであるが、しだいにどこか物足りなさを感じるようになってきたのである。

このまま、何十年と家と職場の往復を繰り返す日々だけで本当に満足のいく人生を送ることができるのだろうか？、何か大事なものを忘れているか、見落としているのではないだろうか？という思いが日々膨らんでいった。

そんな思いに対する結論が、「今、自分がやりたいと思うことをやる」ということであり、それを見つけるためには「できることなら何でもとりあえず経験してみよう」という考えであった。

そして、この「とりあえず経験してみよう精神」を最初に実行したのが、クラシック音楽を聞くということである（このことについては、改めて書きたいと思うので細部については省略させてもらう）。

クラシック音楽を聞くようになったことを契機に読書では恋愛小説やエッセイ、最近ではサスペンスも読むようになったし、音楽鑑賞も他の歌謡曲も聞くようになった。

他にも、十代のころには見向きもしなかった絵画鑑賞やたまにテレビで見ていた程度であったプロレス観戦にも行くようになり、さらにカラオケや料理などもやるようになったし、自分の目標というものもできた。

今では、この「とりあえず経験してみよう精神」は私の基本的な考え方になっていて随分と自分自身の〝幅〟が広がり、生きることを楽しいものにしてくれている。

もっとも、このような考えを実行に移せる背景には（当然のことながら）社会人となり自分で稼ぐようになり自由になるお金が増えたことがある。

自由になるお金があるからこそ、経験して不満足な結果に終わっても、それが自分には合わないということがわかっただけよかった、と割り切って投資したお金に対する腹立たしさも軽減されるし、たーだ毛嫌いして何もせずにいるよりも自分のためになるのではないかと思う。

しかし、いくらとりあえず経験してみるといってもそれまでの自分を捨てろというわけではなく、逆に自己というものをしっかりと確立しなければ周りに流されてしまうだけで何にもならない。

自己というものを確立したうえでさらに視野を広げるために「こだわり」を捨てるならば自己を高める方法の一つとしては一考の価値があるのではないだろうかということがわかったのが、二十代の私の一番大きな特徴であるといえる。

私は、たまたまこのような考えに行き着いたのが二十代であったが、何かを始めるのに早いとか遅いということは決してないと思う。

たとえ、十代であろうと四十代であろうとその時々でやりたいこと、あるいはできないことということがあるだろうから、とりあえずは今、自分が一番やりたいことや興味のあることを始めてみるのが最善の策ではないのだろうか。

わかっただけいいじゃない！

二十代になってから価値観が変わったことによってできあがった「とりあえず経験してみよう精神」が私が生きる上での基本的なスタンスになっていることは前にもふれたが、この考えを実践すると時には失敗に終わることもままある。
そこで、今回は失敗に終わった事例をいくつか紹介したいと思うが、単なるバカ話で終わってしまうことが予想されるのであまり期待しないで読んでいただきたい。

その一　アーモンドプリンのケーキ
横浜のデパートのテナントに値段は若干高いがおいしいケーキ屋さんがあり、私は実家に帰省したときなどにケーキを買うのだが、行くたびに幾つか新しい顔ぶれのケーキが並んでいる。
私は、その度にためしに新しいケーキを買うことにしているのだが、ある日お店に立ち寄ってみるとアーモンドのプリンだかババロアだかが売られていたので「アーモンド味のプリンとはどんなものだろう？」と思いためしに買ってみた。

食べる前は、チョコレートなどに入っている〝あの味〟を想像していたのだが、実際に食べてみると言葉では表現できない薬品（？）のような味がしてアーモンドから連想する味からは程遠く、まったくの期待外れで一度食べれば充分という味であった。

一体、どんな人が販売のGOサインを出すのかは知らないが、店頭に並ぶまでは何度か検討が重ねられていることだろう。

そう考えると「とても同じ会社の人が販売のGOサインを出したとは思えない」というのがこのアーモンドのプリン（ババロア）を食べた私の正直な感想である。

その二　レタスジュース
ある日、スーパーで買い物をしていてレジに並んだときにたまたま「飲むレタス」なるものが、置いてあるのに気がついた。
缶を手にとって見てみると信州の方でとれるレタスを百パーセント使用したジュースであると書いてあり、横にはグラスに入ったジュースの写真が小さく写っているが、あの「マズイ　もう一杯」のCMで有名な「青汁」を連想させる。
百九十グラムで百四十円くらいだったので他のジュースに比べるとちょっと高いかなとも思っ

たが、どんなものかためしに飲んでみることにした。

まず、缶のふたを開けて匂いをかいでみた。

すると中からはあのサラダなどで食べる生のレタスの匂いがそのまま伝わってきた。

さらに、飲んでみるとあの生のレタスの味がそのままのどごしに流れていき、しかも塩味がきいている。

さながら、塩をかけたレタスをそのまま流し込んでいるような感じであり、体にいいのかもしれないがおいしいとは思えないし、また買おうという気にもなれない。

どんな人が好んで買うのかは知らないが、私は人に勧めようとは思わない。

余談だが、いつのまにかこの「飲むレタス」は店頭でみかけなくなってしまった。

恐らく、一度は飲んでみても「また、飲みたい」という人がほとんどいなかったのだろう。

その三　マンガ喫茶

最近、あちこちでマンガ喫茶という看板を目にする。

テレビなどで、店内にあるマンガが読み放題の喫茶店だということは知っていたし、一度行ってみたいとは思っていたのだが、なかなか行く機会がなかった。

そんなある日、マンガ喫茶に行く機会がやってきた。

日曜日に後楽園ホールへ女子プロレスの試合を見に行ったのだが、たまたま昼、夜共に女子の団体の試合が予定されていたので「どうせ東京へ出向くなら」と思い「ダブルヘッター」を実施することになったのである。

「ダブルヘッター」を実施する上で一番困るのは、昼の興行が終わってから夜の興行が始まるまでの空き時間をいかに過ごすかという点である。

神田の本屋をはしごするにしても、喫茶店で本を読むにしても、三時間くらいある空き時間を埋めるにはちょっと苦しい。

そこで、マンガ喫茶の登場となったわけである。

マンガ喫茶なら（代金さえ払えば）何時間いても平気だし、二、三時間ある空き時間を埋めるにはもってこいというわけである。

さて、当日、昼の興行は二時ころに終わり、夜の興行は五時半開場だったので予想どおり三時間近くの空き時間ができたので、早速マンガ喫茶へ行ってみた。

入口で盗難防止のためにカバンを預け、伝票を受け取り店内へ。

中は、壁一面に本棚が置いてあり、ところせましとマンガがならんでいて、数人の客がテーブルの上にマンガを山積みにして熱心に読みふけっており、まるで図書館の自習室で勉強に励む受験生のようである。

早速、窓際の席に陣取りマンガを探したのだが、子どものころ読んだ懐かしいものからつい最近に出版されたものまでいろいろなマンガが並んでおり、つい目移りしてしまう。

そんな中で選んだのは子どものころ読んだ「マカロニほうれん荘」と「タッチ」。

当時を懐かしく思いながら読んでいたらあっというまに時間が過ぎてしまい店を出て再度、プロレス会場へ。

さて、気になる代金はというとこの店は、最初の一時間が三百円くらいでその後は十分くらいの単位で料金が加算されるという駐車料金のようなシステムで三時間くらいいて七百円程度であった。

マンガ喫茶で時間を潰せたのは良かったが、マンガに夢中になりすぎてしまい、夜の興行に影響してしまったのは失敗だった。しかし、また行ってみたいなと思わせるところであった。

ここに挙げたのは、ほんの一部であり、他にも似たような失敗が結構ある。

まあ、「とりあえず経験してみよう精神」を実践しようと思ったら失敗に終わることは避けて通れないし、別に失敗に終わったからといってそれが無駄な経験かというと決してそうは思わない。

むしろ、「こういうものか」ということがわかっただけプラスになるのではないかと思っているのだが、これまでのバカ話からおわかりいただけただろうか？

「生」が一番！

生が一番と言っても別にビールの話ではなく、私の趣味に関する話である。

私は、音楽、絵画鑑賞、女子プロレス観戦が好きで、よくそれぞれの会場へ出向いて鑑賞（戦）している。

一見、何の共通点もなさそうであるが、これらの趣味には「生で見る（聞く）面白さ」という共通点がある。

「わざわざ高い（？）お金を払って会場へ出向いていかなくても音楽ならばＣＤがあるし、絵画ならば画集、女子プロレスなどはテレビ中継や専門の雑誌があるではないか」と言われそうであるが、「生」の面白さには、会場へ出向いたり、高い入場料を払うといったリスクを差し引いても十分に元をとって楽しめるだけの魅力がある。

では、項目ごとに興味をもったきっかけから〝生〟の魅力にとりつかれるまでを書いていきたいと思う。

まずは、音楽鑑賞。

私は、クラシック音楽を聞くのが好きでたまにコンサートへ行っている。

「クラシック音楽」と聞くと興味のない人は〝インテリ〟というイメージを持つかもしれないが、子どものころは、音楽の授業は大嫌い（ちなみに小学校六年間の音楽の成績は二年生の二学期に三段階の真ん中の成績をとったのが最高で、後はずーっと最低の成績）だったのでクラシックの作曲家といえば、ベートーベンとモーツアルトくらいしか知らない程であったし、未だに音譜が読めない。

そんなに音楽が嫌いな人間がなぜクラシックを？と思われるだろうが、車を購入した事がきっかけでクラシック音楽を聞くようになった。

車を運転するようになり、運転中、音楽でも聞こうかと思い、初めは歌謡曲を聞いていたのだが、歌謡曲だと歌詞に気をとられてしまい、いまいち運転に集中できなかった。

そこでクラシックならば歌詞がないからいいだろうという、極めていい加減な理由がきっかけであった。

もし、ＣＤを買って聞きたいと思えない曲だったらバカバカしいので近所のレンタルの店へ行き、名前を知っている数少ない作曲家であるベートーベンのＣＤを借りた。

初めて聞く曲であったが、期待通りに運転に集中できる上、気持ちを落ち着かせてくれるという意外な効果もあった。

そこで、他の人のも聞いてみようと思い、たまたま店で目に止まったのが、「チャイコフスキー交響曲第五番」であったのだが、当時の私はチャイコフスキーという名前すら知らず「白鳥の湖」や「くるみ割り人形」といった曲目は知っていても彼の作品だとは知らないくらいであった。

そんな私ではあったが、交響曲第五番を聞いてからというもの、すっかりチャイコフスキーに魅せられてしまい、ついには交響曲全集のCDを買うまでになってしまった（このエッセイもチャイコフスキーの曲を聞きながら書いている）。

CD等で曲を聞いてクラシックにも耳が馴染んでくると、今度は〝生〟で聞いてみたいと思うようになり、いつもの「とりあえず経験してみよう精神」からコンサートに行ってみることにした。

今でも忘れられないのだが、初めて行ったコンサートは東京芸術劇場で行われたマゼール（一時期、宝石店だか、貴金属だかのコマーシャルに出演していた）指揮、ピッツバーグ交響楽団演奏によるもので曲はもちろんチャイコフスキー。

〝生〟で聞いた感想はと言えば、（当然のことながら）同じ曲でもCDとは全く違って本当に耳にここちよく聞こえてきて、いつのまにか引き込まれてしまい、このままずっと聞いていたいという気分にさせられるのである。

また、曲目はよくわからなかったが、アンコールに応えてくれたのにも感動した（ちなみに某テレビ局の○響アワーでお馴染みの○○○交響楽団はアンコールには応えてはくれない）。

このときのコンサートに出かけたのをきっかけに〝生〟の魅力に取りつかれてしまい、その後もたまに出かけている。

なぜ、たまにかというと個人的にチャイコフスキー、モーツアルトしか聞かない上に確実に行ける日が仕事が休みの土日に限られるため行く機会がないだけのことである。

次に、絵画鑑賞。

絵画に関しては子どもの頃は興味のあった電車の絵やマンガのキャラクター等の絵を書いたりするのは好きであったが、会場に出向いてまで見に行こうと思うことはなかったし、中学の美術の時間は嫌いであった。

それが、なぜ、会場に出向いてまで見に行くようになったかというと、きっかけは家にたまたま展覧会の入場券があったからという単純なものだった（恐らく、何かのおまけについてきたか、誰かからもらったかしたのだろう）。

内容が風景画であったので、専門的な知識がなくても大丈夫だろうと思うとともに例の「とりあえず経験してみよう精神」によって行くことにしたのである。

最初は、「絵なんて写真で見ても実物を見ても同じだろう」などとタカをくくっていたのだが、同じ絵でも〝生〟で見る絵は細かい色の違いや筆使いなどがはっきりと読み取れるし、風景画などは心を和ませてくれる（単に私が単純なだけかもしれないが…）。

それ以来、絵画に関しても風景画や静物画等の展覧会があると出かけている。

最後に、女子プロレス。

女子プロレスに関しては、前に何度かふれたので細部は省略させてもらうが、〝生〟で見る魅力は選手をじかに見ることができる上に、大会の雰囲気を感じながら最初から最後まで自分の目で楽しめるということである。

このことは、全てに共通して言えることであるが、最初から最後までタイムリーに、しかも自分の目（耳）で直接見る（あるいは聞く）ことが〝生〟の最大の魅力なのではないかと思う。

コンサートやプロレスはテレビ中継やビデオでも楽しむことは可能であるが、編集者の都合などでカットされているケースが多いし、料理番組を見ていても匂いが伝わってこないようにテレビ中継やビデオではコンサートやプロレス会場の雰囲気は伝わってこない。

絵画に関しても同じで、写真で見る絵はただの平べったい紙でしかなく何も伝わってこない。

だからこそ、高い（？）お金を払って会場へ出向いて行くだけの価値があるのであり、今日もあの〝生〟の魅力を求めて出かけるのであった。

時代遅れ

日曜日に用事があって東京へ出掛けた帰りの電車の中でのことである。

隣に座っていた若い女の子が携帯電話で話をしているのが聞こえてきたのだが、「二一―四でいくら儲けた」などと話しており、どうやら競馬で賞金を当てたことを家族か友達にでも報告しているらしい。

この光景を見ていて「まさに時代の波に乗っている（？）女性だなあ」と変な感心をしてしまった。

今や、携帯電話は持ってない人の方が珍しいし、女性が競馬をやったり、タバコをふかすのも当たり前の光景となりつつある。

しかし、私はこの「携帯電話、競馬（ギャンブル）、タバコ」のいずれにも縁のない生活を送っている。

なぜ縁がないかというと、単に〝必要がないから〟というだけのことであるのだが、それだとこの話はここで終わってしまうので、なぜ、必要ないのかということを書いていきたいと思う。

まずは、携帯電話。

営業など、仕事上で必要な人を除くと携帯電話が必要な人というのは、お互いに仕事を持つ恋人同士くらいなのではないだろうか。

言うまでもなく、携帯電話の長所はどこにいても連絡が取れることである。

話す相手が家族や友人ならば、自宅の電話で話をすれば済むことだし、いくら携帯電話を持っているからといって仕事中に家族や友人を相手に長電話ができるほど会社は甘くはないだろう。

また、本当に連絡をとる必要があるのならば相手に職場の電話番号を教えればいいことだし、こちらからかけるにしても公衆電話を利用すれば済む話である。

なまじっか携帯電話など持ち歩くからどうでもいいようなことでも電話をしたくなり、街中や電車の中で周りの迷惑を顧みずに大声で話をするようになるのである（関係のない人間にとっては迷惑この上ない！）。

しかし、お互いに仕事を持つ恋人同士となるとそうもいかないだろう。

お互いに仕事を持っていれば、仮に「今日、七時に駅前で」などと待ち合わせの約束をしていても急な仕事が入って思いどおりにいかないことも日常茶飯事となるだろう。

だからといってその度に会社の電話で話をしていては周りのひんしゅくを買ってしまうだけで

ある。

そこで、携帯電話の登場となる。

携帯電話ならあくまでも私物なのだからいくら話をしようと自由なので、トイレにでも行くふりをして外へでも出て連絡をとれば周りのひんしゅくを買うこともないし、恋人との時間調整も可能となる上、時間もたいしてかからないだろう。

結局のところ、恋人同士が連絡を取り合うように、頻繁に連絡を取り合わなければならない人などというのはごく限られた人達なのだというのが私の考えである。

ちなみに、私は自宅に電話を引いている上に、恋人などもいないので携帯電話がないからといって特に不自由な思いはしていない。

むしろ、携帯電話などない方が拘束されているような感じがしなくて、かえって気分が良いくらいである。

次に、競馬（ギャンブル）とタバコであるが、この両者に共通しているのは、「投資額に見合うだけの満足感が得られない」という点である。

競馬（ギャンブル）は賭け事なので当然のことながら勝ち負けがついてくるわけだが、一時的に勝ちはしてもトータルすると負けている方が多いというケースが多く、勝ったときの記憶が鮮明なのはそれだけ勝つ場合が少ないという裏付けとも言える。

負けるだけならまだいいが、負けを取り返すために借金をして首が回らなくなり、家族に迷惑をかけている人もいる。

また、タバコに関してはただ、お金が煙に化けるようなものである。

その上、周りに煙をばらまいて吸わない人間を不快にさせ、部屋の中をヤニだらけにしたり、火の不始末によって火事を引き起し、あげくの果てに肺癌で苦しみながら死んでいく確率が高い。

その点、コンサートや美術館の展覧会などはギャンブルのようにお金が倍になって返ってくるというようなことはないが、行けばストレスが解消され、投資額に見合うだけあるいはそれ以上の満足感を得ることが可能となるし、自由になる範囲内のお金で行けばいいだけのことなので煙や借金で家族や周りの人間に迷惑をかけることはまずない。

だからといってギャンブルやタバコをやめてコンサートや美術館へ足を運べというわけではない。

ただ、私はそれなりの満足感を得られないような投資はしたくないというだけのことであり、人がやる分には勝手なのでとやかく言うつもりはない。

以上のような理由で携帯電話や競馬（ギャンブル）などとは、まるで縁のない「時代遅れ」な日々を送っているが、特に不自由なわけではないので、皆がそうしているからといって安易な考えに流されることなく今の生活を続けていきたいと考えている。

美人とは…

美人はいつの世でも注目を集める存在である。

新聞のテレビ番組の欄を見ているとワイドショーの内容紹介などでよく、「美人サギ師逮捕」とか「美人タレント結婚」といったような記事を目にするし、ミスなんとかというような俗に言うミスコンも方々で行なわれており、たまに総理大臣や都道府県知事などを表敬訪問している光景が新聞に掲載されているのを目にする。

このような記事を目にすると（期待はずれでがっかりするのはわかっていながらも）「どんな人なんだろう？」とつい見たくなってしまうのが人情だ。

だが、テレビ番組にしろ、地元のミス○○にしろ、実際に見てみると（事前の予想どおり）「なあんだ」とがっかり（？）させられてしまうことが大半である。

だからといって勝手に期待して見る方が悪いのであるから「放送の内容はデタラメであり誇大広告だ！」などと怒るわけにもいかない。

がっかりするのがわかっているのなら最初から見なければいいではないかと言われそうだが、

わかっていても「今度こそは、もしかしたら」とつい変な期待をして見てしまう。

ここが「美人」の難しいところでもあり、面白いところでもある。

十人十色という言葉のように、十人の人間がいて十通りの顔があっても、そのうちどの顔が「美人」に該当する顔かというのはそれこそ十人十色であり、「美人とはこういう顔です」という答えはあるようでないのである。

自分の奥さんや彼女が一番美人だと思う人もいれば、初恋の人や憧れのタレントが一番美人だと思う人もいるし、自分が美人だと思っても他の人はそうは思わないということもよくある。

結局のところ見る人の主観的な判断によって決められるのである。

だからこそ、テレビ局は女性が絡んだ話になるとやたらと「美人」という表現を全面に出すことが可能となる。

仮に、先に書いたような苦情がきたとしても「当局では美人だと判断しました」と言われればそれまででそれ以上はケチのつけようがない（実際にテレビ局の人がそのような答え方をするのかどうかは知らないが）。

しかし、明確な答えがなくてもある程度の答えは存在するのではないかと考えてみたところ、判断をするある程度の基準のようなものを思いついた。

その基準とは、女性の就いている職業である。

女性の就いている職業から「美人」とはどのような顔なのかということが少しは察しがつく。

断っておくが、これから書くことはあくまでも私が見た範囲での独断と偏見によるものであるのでここでも「主観」が入る。

まず、美人が多い（と思われる）職場として思い浮かぶのはテレビ局のアナウンサー（通称女子アナ）や女優、スチュワーデスといったところである。

これらの職業に共通しているのは、「人に見られる商売」であるということだ。

人に見られることが絶対条件であるということは、全員とはいかなくてもある程度の人達に注目されることが必要となるのだが、その注目を集めるには「美人」であることが要求される。

そのため、これらの職業に就いている人達は（大半の人が）美人であると言える。

次に比較的美人が多い（と思われる）職場がいわゆる大手企業のＯＬである。

大手企業（銀行やデパートなども含めて）の女子社員は制服を着ている会社が多いが、それらの制服は会社のイメージにもつながるため、有名デザイナー等がデザインしたりしたなかなかおしゃれな服が多い。

この「おしゃれな制服」を着こなすにはそれなりの美女でなければ不可能であるし、また会社に来る来訪者がいちばん最初に会うことになる受付嬢も必要である。

おしゃれな制服を着こなすことができる人と受付嬢という会社のイメージアップに必要不可欠なのが美人であるため、それなりに美女がいるのではないかと思われる。

最後に美人が比較的少ない（と思われる）のが公務員である。

公務員というのは男女差別がなく、結婚、出産後も仕事を続けることが可能なので回転率が非常に悪い。

また、親方日の丸で倒産する心配がないので美人を採用してイメージアップをはかる必要もなければ、制服も非常にダサイ服が多い。それも美人だとかえって似合わないのではないかと感じてしまうような服である。

このように考えると、公務員とは「民間企業に相手にされなかった女性のための救済施設」のようにも感じてしまう。

ここまで書いてきて、美人とは主観的な判断で決められるものであり、だからこそ誰にでも美人になるチャンスがあるのだと感じた。そして明日こそ美人と認められる日を夢見ることによって生きる望みが生まれるのではないかと思うと、人間というのはうまくできているなあと関心してしまうのであった。

もてない幸せ

今年は、一九九九年ということでノストラダムスの予言がどうこうと騒いでいるが、この文章を書いている八月十日現在は何も起きていない。

もっとも、騒いでいるのはその関係の出版物などで儲けようと考えているような一部の人達だけで、世間一般は普段と変わらぬ日々を送っている。

私もその一人であるが、今年の八月で二十九歳になり、二十代最後の歳を迎えることになった。十代から二十代になるときは、いよいよ「正式に」大人になるのだなあとか、悪事を働けば〝少年A〟から本名になってしまうんだなどと思っていた程度であったが、二十代から三十代になるというとなにか随分歳をとったような気がする。

それと同時に今までは好き勝手に過ごしてきたのが、さらなる大人としての自覚が要求され、これからは通用しなくなるのではないかとも感じる。

でも、実際どうなるかはなってみないとわからないし、まだ結婚したわけではないのでそれほど責任は重くはないから、当分は今まで通りやっていこうと思っている。

結婚といえば、二十代後半を過ぎると職場の人間や友人などから例の「私たち結婚しました」というはがきが届いたり、風の便りに結婚をしたという知らせを聞くと同時に周囲が騒がしくなりはじめる時期にさしかかる。

将来的に、子どもを生んで育てることを考えると今のうちに結婚をしておいた方がいいのかもしれないということなのだろうが、何分相手があってのことなので自分一人が勝手に青写真を描いたところでどうなるというものでもない。

なぜ、こんな言い訳（?）を書いているかというと私も現在独身で結婚の予定が当分の間ないからである。

現在は、二十代後半でも独身の人は少なくはないが、それでも過去には交際した異性の一人や二人はいたという人が大半だろう。

しかし、私の場合は過去二十九年間の人生の中で異性とまともにつきあったことは一度もない（断っておくが、同性愛の趣味があったり、硬派をきどっているわけではない）。

別に、結婚願望がなかったわけでもなければあせっていたわけでもなく、ただ良縁に恵まれない（もっとはっきりいえば単に異性にもてない）ままに今日まで過ごしてきたというのが本音である。

だからといってさみしい日々を送っているかというと、決してそうではなくむしろ楽しい日々を送っている（負け惜しみやひがみで言うわけではない）。

そう！　もてなければもてないなりの利点というものがあるのだ。

もてないゆえに一番得をしたと思ったのは、安易な考えに流されることなく自分の現状を冷静にかつしっかりと分析できたことである。

仮に、異性にもてていたとしたら、ただなんとなくといった感じで結婚して家庭を持ち子どもが生まれていれば子育てに追われる日々を送っていただろう。

それはそれでいいかもしれないが、（私の場合は）恐らく途中で何か忘れ物でもしたような気分になり、「もっといろいろなことを経験しておくべきであった」と後悔していたであろう。

しかし、後悔先に立たずというようにそのころには家庭を持ったために責任感その他の重圧により身動きはとれないであろう。

そう考えると異性にもてないと今の自分に何が必要なのか、何をすべきかといったようなことが見えてくる上、それを実行に移すことも簡単である。

何せ、一人の最大の利点は、（金銭面、時間共に）自由であるということである。

自分で得た報酬と時間ならばどう使おうと本人の自由なので、自己の責任の範囲内であればさまざまなことに投資が可能となる上、仮に失敗しても迷惑をかける家族はいない。

まさに資本主義を地で行く生活（？）が可能なのだ。

二十代になってからの私は、冷静に自己分析を行なった結果目標ができたし、いろいろなことを経験し、かつこれからも経験してみたいと思うことがたくさんある。

これらのことは、別に結婚したら出来なくなるというわけではないが、金銭や時間の制約が大きくなるため簡単には実行に移せなくなるだろう。

だから、私は当分の間、結婚をする予定もつもりもないし、さらに経験をつんで人生を楽しみたいと思っている。

ああ、もてない人生って幸せ♡

壁をこえたら…

週末ごとにエッセイを書くようになって、数ヵ月の日々が経過しようとしている。

書きはじめたころは、ものめずらしさも手伝いその時どころか、二、三週間先まで書く内容が決まっていたのに、最近は週末近くに構想ができればいい方で直前になってようやく内容が決まるといったこともめずらしくなくなった。

よく、作家の人達が「締め切りがあるから原稿が書ける」と言っているが、なんとなくその気持ちがわかるような気がする。

もちろん、エッセイに関しては「プロ」ではないので明確な締め切りこそないものの自分の中で「週末を利用して最低でも一本は書く」とノルマを課しており、なるべく二週にまたがらないようにと心掛けてきた。

だが、最近はなかなか構想がまとまらないのでこの「ノルマ」が非常に重くのしかかるようになってきており、どうやら「壁」にぶつかったようである。

どういうわけか、私は何かを始めるとある程度のところまでは順調に進むのだが、途中で必ずと言っていいほど大きな「壁」にぶつかるのである。

子どものころ、スイミングスクールに通っていた時のことである。バタ足から始まってクロール（自由形）まではそれなりに順調に進んでいったのだが、その後の平泳ぎの足のフォームがなかなかマスター出来ずに非常に苦しんだ記憶がある。

別に、そこまで順調だったからといっていい加減にやっていたわけではなく、子どもながらに早くマスターして次に進みたいと思って一生懸命にやっていたのだが、どうしても結果に結びつかず、結局、一年近くかかってしまった。

また、大人になってからは、車の免許を取りに教習所へ通ったときもS字、クランクがなかなかマスターできずに苦労した経験がある。

現在は、どのようなシステムになっているのかは知らないが、私が教習所に通っていた当時は道路交通法が改正になる前だったので、S字、クランクは第三段階で行なわれていた。第一、第二段階はそれなりに順調にクリアした（といっても規定時間を二時間ずつオーバーしている）のだが、第三段階のS字、クランクはなかなかクリアできなかった。

このときも決していい加減な気持ちでやっていたわけではなく（余計なお金がかかりますからね）、自分なりにいろいろと考えてはいたのだが平泳ぎの時と同様、なかなか結果に結びつかず、その上毎日、同じ時間に同じ教官の指導を受けるというコースを選んでいたため、さすがに最後のほうは愛想をつかされてしまった。

努力してもなかなか結果に結びつかず、教官にもわかってもらえなかったのでいっそのこと免許を取得するのをあきらめようかとも思った。

しかし、ここでやめればそれまでに費やした金や時間が無駄になるばかりでなく、車の免許くらいは取得していないと後で不自由するだろうし、何よりも「自動車教習所中退」というのはあまりにも情けないと思い、踏みとどまることにした。

その甲斐があってか、規定時間七時間程度のところを倍近くかかりながらもなんとかクリアすることができた。

この二つの話に共通しているのは、一度「壁」にぶつかると長期間にわたってもがき苦しむのだが、無事に乗りこえることができるとそのあとはそれまで苦しんでいたのがうそのように勢いよく進むということである。

水泳の場合は、平泳ぎの足のフォームをマスターしたあとは、手のフォーム、バタフライととんとん拍子で進み、僅か二、三ヵ月で水泳選手をめざすさらに上位のコースへと進むことができた。

また、教習所の方もS字、クランクをクリアすると一般に難しいと言われている坂道発進や踏み切り通過はたいして苦労することなくクリアすることができた。

このような苦労をしたかいがあって、水泳に関しては今でも唯一人並みにできるスポーツとなっているし、車に関しても高速道路を恐れることなく走れるようにまでなった。

「壁」にぶつかっている間は、この状態がいつになったら終わるかわからないし、いくら手をつくしても結果が出ないので、つい投げ出したくなってしまう。

しかし、その苦しい状態を乗りこえることができればそれだけ喜びも大きいし、自分にとってもプラスになるので今、この本を読んでいる方で壁（スランプ）に苦しんでいる方がいたら、自分を信じてなんとか乗り切ってほしいと願うばかりである。

ところで、この理論からいくと現在、書いているエッセイもぶつかっている「壁」を乗りこえることができれば、これからは飛躍的にいい文章が書けるようになるはずなのだが……。

そう、うまくはいかないであろうから期待せずにおこう。

無口な理由《わけ》

私は、現在の職場ではほとんど話をしないので恐らく、周りの人達は「無口な人」というイメージを持っていることだろう。

だからといって本当に無口なわけでもなければ、おしゃべりというわけでもなく、家族や親しい友達などとはそれなりに話はする。

では、なぜ職場ではそんなに話をしないかというと職場で交わされる会話と自分の興味のある話題が一致しないからである。

当然のことながら職場にいる人達は組織の一方的な都合で同じ職場に配置されただけなのでいろいろな考えや趣味を持っている人がいる。

そんな人達に共通の話題といえば、スポーツ、芸能、社会・事件（昔、テレビで放映されていた〝クイズグランプリ〟を思い出させるジャンルである）や職場の内外の人の噂話、ギャンブル、などが中心となるだろう。

しかし、私はこれらの話題のいずれにもあまり興味がないのである。

では、どんな話題に興味があるかというと女子プロレスや女子アナ（この題材で三分間スピーチを行った実績アリ）、がらりと変わって自分の考え方をきちんともっている人と互いの考えをぶつけあったりすることが好きなのであるが、いずれもマニアックな話題であるため興味のある人は少ないだろうし、自分からこのような話題に興味があるとアピールしたところで（女子プロレスや女子アナに興味があるということで）ただのスケベオヤジに思われるのが関の山だろう。

先の共通の話題になぜ、興味がないのかというと、最も大きな理由は年を経ることによって自分自身の考え方が変わり、テレビをほとんど見ない生活を送るようになったからである。

子どものころはテレビばかりを見ていて、学校へ行っては友達と「昨日、〇〇見た？」などと言いながら番組の内容や感想について話し合ったりしていたし、高校生の頃は野球中継に夢中になっては巨人の勝ち負けに一喜一憂していた。しかし、二十歳を過ぎたころから（遅ればせながら）自分なりに目標（内容は内緒）を持ち始めるとだんだんと野球中継やドラマを見る時間がとれなくなり、それに伴って興味もなくなると共に、夢中になって野球中継やドラマを見たところで電力会社やテレビ局の関係者が喜ぶだけで自分にはたいして得することはないのでは？と思うようになり、今では野球や相撲は新聞で前日の結果を確認する程度である。

また、人の噂話などは自分なりの目標というものを持っていれば他人のことなどどうでもよくなり、「人は人、自分は自分」と考えるようになる。

結局のところ、野球や芸能（ドラマなどを含めて）、人の噂話に夢中になる人というのは自分が本当にやりたいことが見つけられない（それが何かわからない）から他人のやることに一喜一憂し、周りの人間にケチをつけることによって自己満足しているのではないかという結論に達したため、現在のところほとんどテレビを見ない生活を送るようになったのである。

ここまで読んで、「いくら興味がないからといって少しくらいはテレビでも見て周りに話を合わせるくらいのことをしてもいいではないか！」と思われる方もいるかもしれない。しかし、テレビというのは見なければ見ないで平気なのだが、一度見てしまうとつい、それが習慣となってしまうのである。

特に、連続ドラマなどは続きが気になって毎週見るハメになってしまう（それが相手の思惑でしょうから）。

そうするとつい、安易な方向に流されてしまい、自分のやりたいことができなくなってしまうので最初から見ない方が賢明なのである。

じゃあ、ギャンブルはどうかというと、パチンコ、競馬、競輪などいずれをとっても商売として成り立っているということは、かける方が必ず（？）損をしているという考えになり、損をするとわかっているのに金をかけるのはバカバカしいと思うと全く興味が持てない。

そして、とどめはこのエッセイを書くようになったことである。

このエッセイは今のところ、週末を利用して週一本のペースで書くようにして、毎回書き始めるまでにタイトルと話の展開をある程度を決めるようにしているのだが、何分素人の「自称エッセイスト」のすることなのでなかなかいいタイトルが思い浮かばない。

その上、タイトルが思い浮かぶときというのはそのことを考えているときよりも仕事や家事をしているときに「ふと思い浮かぶ」ことが多い。

この「ふと思い浮かぶ」瞬間を逃さないようにと注意を払いながら仕事を進めていると周りの話に注意を払う余裕がなくなるし、何か面白いことを思いつくと「エッセイのネタにしよう」という考えが先回りしてしまうため、日増しに無口に拍車がかかってしまうのである。

相性はなんでもついてくる

対人関係には、必ずと言っていいほど相性の善し悪しがついてまわる。

誰とでも相性が良ければそれに越したことはないが、世の中にはいろいろな人がいるのでなかなか思うようにはいかないものである。

まあ、だからこそ人間社会がここまで発達したのだろうし、生きていても面白いのだろうが、職場の人間関係ともなるとそうも言っていられないのが実際のところではないだろうか。相性の悪い人と一緒に仕事をしなければならないのはつらいものである。

このように、相性の善し悪しといえば人間関係に限った話のようなイメージがあるが、私の場合には人間関係に限らず、いろいろな場面でついて歩く。

では、どんな場合についてくるかというと、子どもの頃勉強した科目の好き嫌いや得意なスポーツから、車を買うときやクラシック音楽を聞くときに誰の曲が良いか、といったことなどがある。

私は、子どものころから数字と女性（特に美女）に弱く（だから三十歳を目前にしていまだ独身の上、良縁にも恵まれずにいる）算数が嫌いであった反面、国語や社会といった科目は好きであった。

この傾向は、中学、高校へと進むにつれてだんだんひどくなり数学、物理といった科目はいまだに何を勉強したのか覚えていない。

だからといって何もしなかったというのではない。高校の時などは一年生の時の数学の先生が、偶然にも自分自身が高校まで数学が理解できなかったのがくやしくて大学で理解してやろうと思い、大学の数学科へ進んでそのまま数学の教師になったという人であったので、「それならば俺も」と思い努力はしてみたが、どうしても数学という科目は好きにはなれなかったところを見るとやはり相性が悪いのだろう。

また、スポーツに関しても見るのは野球やプロレスなどが好きであるが、自分でプレイするとなると好きなのはいまのところ水泳だけである。

他にもバスケットやテニス、バドミントン、バレーボールなど体育の時間や遊びでやったことはあるが、どれも魅力は感じなかった。

水泳に関しては小学校に通っていた六年間、スイミングクラブに通っていたことも影響しているのだろうが、小学校のように通うことが義務づけられていたわけでもないのに六年間も通い続け、いまだに暇な時には泳ぎたくなるというのはそれだけウマがあうということだろう。

水泳が好きなのには、消費者金融の自動融資システムではないが、一人でできることが大きく影響している。

私は、運動神経が鈍かったので体育の授業は大嫌いで、特に球技などのチームで行なうスポーツなどは活躍するどころか足を引っ張る役回りばかりでいい思い出はない。

その点、水泳はリレーなどを除けば一人で行なうので成功しようが失敗に終わろうが全て自分の努力なり実力の結果であり、まわりに影響されることはないからである。

また、車を選ぶ時にもこの相性の善し悪しは大きく影響している。

まだ、親と同居していたころに車を買うことになり、どの車がいいかという話をしていたときに、広告に掲載されていたある一台の車が目に止まった。

その車とは日産のプリメーラ（初代）である。

広告のプリメーラの写真を見た途端、「自分が運転する車ならこれだ！」という言葉では表現できない直感のようなものを感じた。

そこで、「車を買うならプリメーラがいい」と懸命に〝推薦〟したのだが、「どうせ、あちこちぶつけて傷だらけになるだろうからもっと安いのでいい」ということで結局は、「サニー」に落ち着いた（ちなみにこのサニーは当時、一年半以上ペーパードライバーだった私や免許を取り立ての妹によって当初の予想どおりあちこちに傷やへこみができてしまい〝傷だらけのサニー〟と呼ばれている）。

それから、四、五年たって仙台へ転勤することになり、地方へ行くのなら車がないと不便だろうからと自分の車を買うことになり、私は迷わずプリメーラを買うことにした。

しかし、販売店へ見に行ってみるとプリメーラはモデルチェンジされ、プリメーラとプリメーラカミノの二種類に分かれ、その販売店では後者しか販売していなかった。

それならば、仕方がないと思い同じプリメーラだからとためしにプリメーラカミノの運転席に座ってみると中はゆったりとしていて落ち着いた気分にさせてくれ、この車ならば自分との「相性」も良いのではないかと直感したので買うことにした。

それ以来、プリメーラカミノとは三年のつき合いになるが、非常に相性が良く、（今のところは）とても買い換える気になれず、「十年くらいは乗っていたいなあ」と思っているほどである。

最後にクラシック音楽との相性について。

一口にクラシック音楽といっても（当然のことながら）作曲者によって特徴があるのでおのずと相性の善し悪しもついてくる。

私の場合は、チャイコフスキーやモーツアルト、ベートーベンなどとは相性が良く、シューベルトやブラームスとは相性があまり良くない。

では、どこで相性の善し悪しが分かれるかというと、その人の作曲した曲を聞いてみて好感が持てるか、印象に残るかということがポイントとなる。

相性の良い人の曲は初めて聞く曲でも耳にここち良く聞こえ、印象も残るのだが、相性の良くない人の曲はまったくと言っていいほど印象に残らない。

だからといってブラームスの曲は全て合わないかというとそうでもなく、交響曲は合わないが、ハンガリー舞曲は好きだし、ドボルザークの交響曲でも第九番の新世界は好きだが、他の曲は合わないといった例もあり、我ながらこのへんが相性の善し悪しの面白いところだなあと感じる今日この頃である。

たどりついたところは…

前に、親のしつけに関することを書いたが、自分の親について考えてみるとどちらかといえば「放任主義」であった。

「放任主義」というとただ放っておいて何もしないというふうに思われる方がいるかもしれないが決してそうではなく、原則として好きにさせていてくれたという意味である。

私の親は、礼儀や道徳に関することについてはうるさかったが、それ以外のことは「自分のことなのだから自分で考えなさい」といった感じであった。

だからというわけでもないが、子どものころは外で野球や缶蹴りをしたり、家でテレビを見たりして過ごしている時間が多く、あまり勉強をした記憶がない。特に、当時（昭和五十年代前半）はまだファミコンやプレイステーションといったコンピュータゲームもなく、テレビ番組も（再放送も含めて）子ども向けのアニメや特撮番組が数多く放映されていた時代であった。

今になって思えば我ながらよくもあんなに見ていたものだと思うが、それはそれでいい思い出である。

そんな子ども時代を過ごしたせいか、中学へ進学してからもロクに勉強もせずにテレビばかり見ていたのだが、一方では中三あたりから考えるところがあり、漠然と大学へ進学して公務員になりたいと思っていた。

しかし、勉強もせずに進学校へ行こうというのはムシの良すぎる話であり、当然（?）のことながらいわゆる偏差値の低い高校へと行くハメになったのだが、大学へ進学して公務員になるという目的はあきらめてはいなかった。

高校では、中学の時よりも勉強はしたが、現役で大学へ進学するには厳しい状況だったし、当時はバブル景気が始まった頃でもあったので、大学へ行くことにこだわるあまり卒業したころには景気が悪くなって公務員の採用も厳しくなるのではないかという思いもあった。

そんな時、リクルートから専門学校の案内書が送られてきた（今はどうか知らないが、当時は無料で送付された）のだが、その中に法律専門学校（とは言っても実際は単なる公務員予備校）なるものがあり、二年間通えば大学卒業程度（国家Ⅱ種）の試験が受験できるという。

どうせ、最終的な目標は公務員なのだからと思い、大学進学をあっさりとあきらめて専門学校への進学を選んだ。

こうして専門学校への進学を選んだわけであるが、この時ばかりは目標が明確であった上に公務員にならなければ意味がないという思いも手伝って必死になって勉強した（とはいっても今までやらなかったのだから当然のことであるとも言えるが…）。

その努力が報われたのか、いくつか受けた試験のうちのひとつに合格して現在の職業に勤務する日々である。

今になって思えば、大学生活《キャンパスライフ》を送れなかったのは残念であるが、公務員になるという目的を果たしただけよしとしよう。

強制はしないけれど

会社勤めの人間に必ずと言ってついてくるのが宴会と慰安旅行である。

子どものころ、テレビのサザエさんで波平さんやマスオさんが職場の同僚と会社の帰りに酒を飲んで午前様となり、家で帰りを待つフネさんやサザエさんに怒られるといったシーンを見たりすると、楽しそうに見えてうらやましく思ったものであった。

だが、実際に就職して、職場の宴会や慰安旅行に参加してみると夜間や休日などプライベートの時間を犠牲にしただけであり、参加して良かったと思えるものは皆無である。

この点については、人それぞれ意見の分かれるところであろうが、個人的には自分の時間を犠牲にしてまで毎日顔をつきあわせている職場の同僚と夜遅くや休日まで気を遣いながら一緒に過ごさなければならないことに疑問を感じる。

私は、このように思っているので先日行われた職場の慰安旅行に対し、旅行への参加を拒否した。

旅行への参加拒否を聞きつけた上司等からは早速、参加しないことへのクレームがつけられた

（クレームと書くと本人は怒るかもしれないが…）。

その際に決まって出てくるセリフは「強制はしないけれど…」という前置きから始まり、「協調性がない」「皆が参加するのだから」「仕事は皆で協力して行うものだから」といったことをならべ立てて最後には決まって「参加しないのはまずいので参加するべきだ」とまるでドラマで犯人に自白を迫る刑事のごとく参加を「強制」するのである。

どちらの言い分が正しいかは人それぞれの判断に分かれるとは思うが、参加を「強制」する人（参加するべきだと思っている人）には是非とも次のことを考えてみてもらいたいと思う。

① いやがる人間を無理やり参加させて何になるのだろうか。
慰安旅行は皆が楽しむのが目的であって、「ガマン大会」ではないはずである。

また、「強制」する人間に限って、無理やり参加させられた人間がちょっとでもイヤな顔を見せようものなら烈火のごとく怒り出すのである（嫌いな人間の立場から言わせてもらえば、「イヤな顔をされて怒り出すくらいなら強制するな！」と言いたい気分である）。

② チームワークと仲良し集団を一緒にしてはいないだろうか。
チームワークとはいうまでもなく、好き嫌いといった私情を切り離して協力するものである。ということは、仕事中さえ協力しあえば、プライベートではどうしようと個人の自由で

あるはずである。

こう書くと、「強制」する人は「旅行も仕事の延長だ！」と言うであろうが、旅行に対する「代休」がないということはあくまでもプライベートなのである。

③ 参加したい人達だけで実施したほうが楽しいのではないだろうか。

慰安旅行が本当に楽しいと思う人ならば、自主的に参加するはずであるし、そういう人達だけで行くほうのがずっと楽しいはずである。

仮に、自主的に参加したい人がいないというのならば、それは慰安旅行そのものに魅力がないということであるから最初から実施しなければ良いと思う。

④ 旅行の前と後で何が変わるというのだろうか。

一日、二日一緒に行動したところでその人の何がわかるというものでもないし、必要があればそのつど何らかの形で時間を作って話をするはずであり、一緒に旅行したからといってそれまでわからなかったものが突然、ふたを開けたようにわかるようになるといったことはほとんどないはずである（少なくとも私はそんなに単純な人間ではない！）。

個人的な経験から言わせてもらえば、慰安旅行とは所帯持ちの人たちが家族から開放されて堂々と羽を伸ばす口実であるとともに、そのような立場にある人は職場の中では中堅以上の立場にいるため、「雑用係」は卒業している人達がほとんどである。

一方、参加を拒否するのは、その「雑用係」の真っ最中である若い人たちで、個人主義的な考えの人間が多く、必要以上の拘束を嫌うものである。

ということは、若手が参加を拒否すると中堅以上の人たちは「雑用係」に逆戻りさせられてしまうため、このような事態を避けるために若手に対して参加を「強制」するのである。結局のところ、慰安旅行とは一部の人の自己満足に過ぎないものであり、その裏では、大勢の人間（特に若手）が犠牲を強いられているのである。

慰安旅行への参加を「強制」する人（参加するべきだと思っている人）はこのへんをよく踏まえた上で自分のしたことをよく考えてもらいたいところではあるが、恐らく無理だろう。

合掌。

組織を信じきるな！

以前、壁にぶつかり苦しんでいることを書いたが、その後も乗りこえられそうな気配はなく、相変わらずエッセイの内容に苦しんでいる。

この文章を書いている現在も内容が決まっておらず、週末が来たので書かなければいけないというういわば脅迫観念におそわれながら、見切り発車の状態でワープロに向かっているのが現状である。

そこで、原点に立ち返ってエッセイとはどういう文章をいうのかということを改めて辞書で調べてみた。

今までは、人の書いたエッセイを読んで「ああ、こういう文章をいうのだな」という程度の認識でしかなかったので、今後の文章を書く上でもいい機会なのではないかと思ったからである。

辞書でエッセイの文字を探してみるとそこには「随想ふうの小論文。随筆。随想。」となにやら難しいことが書いてある。

今度は随想の意味を調べてみると「とりとめもなく思いつくこと。自然にうかぶ感想。随感。」

と書かれている。

結局のところ「自分が思っていることや感想を文章にする」ということを意味するようであり、自分がこれまでやってきたことのようだ。

そこで、今回も「とりとめもなく思いつくこと。自然にうかぶ感想」を書こうと思っていたらふとあることを思い出した。

あることとは、私の父親の給料の話である。

私の父親は、民間企業に勤めているので、他の企業と同様不況のあおりをうけてはいるが、会社の所有している保養施設がまだ閉鎖されていないところを見るとそれほど経営は傾いていないようである。

それでも、不況の影響は深刻なようでとうとう、今年の給料はベースアップがないどころか逆に減らされたそうである。

資本主義である以上は好不況の波があるのは当然のことであるが、組織を維持するためとはいえ、実際にそういう場面に直面してみると五十歳を過ぎて三十年以上もその会社のために貢献してきた人間に対してあまりにもひどい仕打ちではないかと感じてしまう。

しかし、組織の理論からいくとこの五十歳を過ぎて六十歳の定年を目前に控えた世代というのは人件費が一番かかる世代なので、給料を安く抑えることによってボーナスや退職金も安く抑えようというわけである。

仮に、このような会社の決定に対して文句を言ったところで「イヤなら辞めて結構ですよ」と言われて終わりだろう（会社としては辞めることを願っているのだろうから飛んで火に入る夏の虫である）。

結局のところ、資本家になれず、会社という組織の保護がなければ生きていけないという弱い立場にある労働者自身が悪いということになってしまうのである。

私は、幸いにも（？）社会人になって二、三年経ったところで組織とは個人のためには何もしてはくれないということに気がついたので出世願望はゼロに等しい状態で、仕事よりも個人の生活を楽しんだほうが良いと思っている。

ここで、誤解してもらっては困るのだが、決して仕事を適当にやっていれば良いと言っているのではない。

例え、組織に対して不満があるにしても報酬を得ている以上は仕事をやるのは当然のことだということくらいは心得ている。

要は、組織のために自分の全てを犠牲にするのはゴメンだということである。

仮に、自分の持てる時間を全て仕事に費やし、それなりに出世をしたとしよう。

そのことに対する本人の努力は認めるが、どんな大企業であっても、どんな役職についたとしても所詮は籠の中の鳥でしかなく、周りの評価もその人自身に対する評価ではなく肩書に対する評価に過ぎない。

このことは、デパートや信販会社でカードを作ったり、ローンを組むときに公務員や有名企業に勤めていると有利であるということからも明らかである。

その上、役員クラスにでもなれば別だろうが、そうでもなければいくら役職についていても「定年」という名目のもとにいとも簡単に首を切られてしまい、それと同時に選挙で落選した議員同様、ただの人になってしまうのである。

また、不幸にも過労がたたって亡くなるような事態になったとしても一時的にお金が支給される程度であとは何もしてはくれないだろう。

残された家族や親戚にとっては大事な人でも組織にとっては、部品の一つくらいでしかないので、新しい人間を補充して何事も無かったかのように維持し続けるのである。

厳しい話が続いたが、これが日本のサラリーマンに対する会社組織の現状なのである。

このことを早く認識しないと、気がついたときには組織の裏切り（といっても労働者側から見た場合であって、組織からみれば当然のことなのかもしれないが）にあった時に、それまで会社のためだけに生きてきた自分はなんだったんだろうと後悔するハメになってしまうのである。

ここまで書いてきたことを読んだ方が、五十代、六十代の方達だったら、恐らく「けしからん。自分勝手なことを書いているだけではないか！」と反発を覚えるであろう。それは、私も当然のことだと思う。

なにしろ、ここまで書いてきたことは、現在五十代、六十代の大半の方たちの生き方を否定することになるわけだから、自分の足元を救われそうになれば、自分の身を守ろうとするのはごく自然の行為である。

むしろ、私が問題にしているのは、自分たちと異なる考えを認めようとしないというところにある。

現在五十代、六十代の人達というのは、自分がしてきたことが正しく、それと異なる考えは（特に若い世代に対して）自分勝手だと決めつけて認めようとしない人が多い。

まあ、それだけなら勝手であるが、職場の宴会や旅行などへの参加を強制するなど自分の考えを押しつけてくるから始末が悪い。

ここまで書いたように、私などは組織、仕事のために自分を犠牲にしたくないので、五十代、六十代の方達のような生き方をしたくないと思っているのにその考えを押しつけられては迷惑この上ない。

さて、どちらの考えが正しいかという明確な答えは、生きている間は恐らくわからないだろうし、わかるときはその人自身が人生最期の時を迎える時だろう。

だからこそ、生き甲斐があるというものである。

どこが一番いい？

現在の職場に転勤になる前は、仙台に勤務していたのだが、実家が横浜なので帰省する際には新幹線を利用していた。

車も持ってはいたが、一人で延々と東北自動車道を往復するのは疲れるし、首都高もよくわからなったのでいつも電車を利用していた。

仙台には三年間いたので、その間に連休などを利用して何回か帰省し、新幹線の座席は自由席からグリーン車までひととおり利用したが、実際に乗ってみてそれぞれの長短を身を持って知ることができた。

まずは、自由席。

自由席の長所といえばなんといっても料金が安いことと名前のとおり自分の座りたいところに座ることが可能であるということだが、それも車内が空いていればという「条件つき」であり、実際には座ることとすらままならないことも多い。

仙台から東京への移動なら帰省ラッシュなどとは逆だからそんなに混雑するわけないではない

かと思う方もいるだろうが、地方へ単身赴任していて東京方面へ帰る人も意外と多いのである。

仙台から東京までは概《おおむ》ね二時間程度なので立ったままでも行けないこともないが、荷物の入ったバッグやおみやげを抱えて新幹線のせまい通路に立っているのもなかなかつらいものである。

そこで、少しくらいお金がかかってもゆったりと座っていきたいと思い、指定席にすることにした。

指定席の長所といえば、名前のとおり座席が決まっているので発車直前に飛び乗っても自分の座るところはちゃんと確保されているという点である。

ただ、いくら座席が確保されているといってもその列車に乗り損ねては意味がない。

何日も前に券を買っても乗り損ねるようなことになってはばかばかしいので直前に駅で買うことにした。

一人であれば、直前でも意外と席は空いていて満席で乗れなかったというようなことは一度もなかった。

指定席の券の購入方法には窓口と自動券売機の二種類があるが、一人の場合は後者をお薦めする。

駅の窓口で買うと係員の人がコンピュータを検索しながら座席を決めるのであるが、ガラガラにもかかわらず、窓側の席が埋まっているとその人の横にされたり、三人掛けの真ん中にされたりと「隙間を埋めるため」に利用されてしまう。

一方、自動券売機はコンピュータが自動的に席を決めてくれるのでそのようなことはないし、窓側を優先的に選んでくれるので始発から終点まで一人でゆったりとできることが多いのである。

また、料金のほうはといえば自由席プラス五百円（当時）で乗れたのでそれならばとそれからはずっと指定席に乗るようになった。

指定席に乗るようになってからは、二時間程度の空き時間が出来たのでいつも週刊誌を買って読んでいたのだが、ある時困ったことが起きてしまった。

一人で乗っているときというのは隣にどんな人が座るか興味があるが、たいていは、中年の男性か女性であって、若い女性が座ることはなく、「これがドラマだったら隣に美女が座って三ヵ月後（ドラマの一クールのこと）にはめでたくゴールインとなるのになあ」などとバカなことを思ったりしていた。

そんなある時、一度だけ隣に私と同じような年代の女性が座ったことがある。

とくに好みのタイプでもなく話をしたわけでもないのだが、週刊誌を読んでいた私はふとこう思ったのである。「グラビアのページが読めないではないか」と。

別に私がグラビアのページ（内容はご想像にお任せします）を読んでいるところを見られたからといってどうというわけでもないかと言われてしまえばそれまでだが何分、私にはまだ、若さとそれゆえに羞恥心が残っていたため、若い女性を隣にして堂々とグラビアのページを読む勇気はなく、そのまま週刊誌を閉じた（残念！）。

こうしてしばらくは、指定席を利用していたのだがグリーン車というのは一度も利用したことがなかったので一度利用してみたいと思うようになった。

私は、子どものころ鉄道が好きで新幹線や寝台列車に乗ってみたいとは思っていたが、両親が横浜育ちであり、地方には親戚もなく、また家族そろってそのような列車を利用して旅行をするほど裕福な家庭ではなかったので、いつも本や横浜の駅周辺などで走っているところを眺めながら「いつかは乗りたいなあ」と思っていたのだが、社会人となって自分でお金を稼げるようになり地方勤務となった今こそチャンス到来！ではないかと考え、話のタネにもなるからと『一回限り』の限定で乗ることにした。

なぜ、『一回限り』かというとグリーン車は料金が高くつくので毎回利用していてはお金がかかって大変だと思ったからである。

グリーン車の料金くらい、時刻表か何かで調べればすぐにわかるではないかと言われそうだが、すでに鉄道マニアを離れつつある私には面倒であったのでそこまでしなかった。

さて、いざグリーン車を利用してみるとそれまでの普通車とはあらゆる面で違うのに驚かされた。

まず、車内へ入るための扉が曇りガラスとなっており、「一見さんお断り」のような印象を受ける。

そしてその中へ入ると内部の模様というか内装が木目調になっており、落ちついた雰囲気でゆったりとした気分にさせてくれる。

車内の雰囲気に関心しながら座席に座ると普通車よりも幅が広く、リクライニングも大きく傾くようになっており、さらに足元には床屋さんにあるような足を載せる台までついている。

さすがはグリーン車。だてに高い金はとらないなと感心しながら座っていると発車してまもなく、車内販売の女性が来ておしぼりとお茶かコーヒーのどちらか好きなほうをサービスしてくれるという。

これだけいい気分にさせてくれて料金は自由席プラス四千円（当時）。

この金額が高いと感じるか安いと感じるかはもちろん人それぞれであるが、私は決して高いとは思わず、むしろ四千円程度の余分な出費でこんなに快適な思いができるのならばと『一回限りの限定』という最初の決意はどこへやらその後はずっとグリーン車を利用するようになった。

しかし、このグリーン車のサービスのおかげで思いがけない目にあったこともある。

ある時、友人と会った帰りに大宮から乗ったときのことである。

前日は遅くまで飲んでいて疲れていたため眠りたかったのだが、すでに何度か利用していたのですぐにサービスの人が来るだろうと思い、眠らずにいたのである。しかし、車内検札の人は来てもサービスの人は来る気配がない。

いつになったら来るのだろうと思っているうちに疲れていたこともあり、いつのまにか眠ってしまったのだが、しばらくして耳元で「失礼します」という女性の声で目が覚めた。

何だろうと思いながら横をみると、先程車内検札をしていた女性が車内販売のワゴンを前に立っている。

どうやらこの女性は車掌さんと車内販売を兼ねているらしく、そのためにサービスも遅くなったようである。

起こされたときは列車は福島付近を走っており、仙台も近かったのでまた寝ると乗り過ごす恐れがあると思い、コーヒーを飲みながらぼんやりと過ごす羽目になってしまった。

また、グリーン車では運が良いと（？）有名人と一緒になることがある。

実は、私がグリーン車にこだわるのは快適さのほかに本で有名人に逢う確率が高いと書いてあるのを読んだからである。

何回か利用していればいつかは逢えるのではという期待を胸に乗っていた。しかしなかなかそれらしい人とは一緒になることはなかったのだが、五回目くらいに仙台へ帰る列車で落語家の桂歌丸氏と一緒になった。

私は、笑点の大喜利が好きで毎週のように見ていたし、歌丸氏は同じ横浜の人ということもあって個人的にファンであったので思いがけず嬉しかった。

このことを友人などに話したら大半の人間は「着物を着ていたの？」と聞いてきたが全くの普段着でメガネやマスク、帽子で変装（？）していた。

このように新幹線の座席にはそれぞれに一長一短があるが、上のランクへいくほどそれなりにいい思いができるし、特にグリーン車では有名人と一緒になるという思わぬ副産物があるということを知ることができただけ良い経験をさせてもらったと思う。

また、これから帰省や行楽などで新幹線を利用する人達がどこの座席にしようかというときに参考にしてもらえれば幸いである。

やっぱり失敗（？）食べ放題

よく、テレビで大食いの人は誰かを競う番組を見ていると「よくもまあ、あんなに食べられるものだ」とただただ感心してしまう。

私も、中学、高校のころは我ながらよく食べたと思うが、番組に出ている人達を見ているとあのころの私でさえ、足元にも及ばないのではないだろうか。

ああいう人は、食べ放題の店に行っても元をとるどころか十二分に得をすることが可能だろうなと思う。

というのも最近、食べ放題に行ったのだが、思うように食べられず失敗に終わってしまい、悔しいやら苦しいやらという悲惨な（？）体験をしたからである。

事の始まりは、友人に「家の近くに食べ放題の店があるので行ってみないか」と誘われたので久しぶりに（食べ盛りの中学生の時に焼き肉の食べ放題に行って以来、食べ放題の店には行っていなかったので）行ってみるかと思い行くことにしたのである。

当然のことながら、食べ放題で〝成功する秘訣〟はいかに食べ始める直前に空腹のピークをもっていくかがポイントである。

そこで、当日は昼食を早めに摂り、量を控えめにしたうえプールで一キロほど泳いでから出掛けた。

店は、友人の家から近いとはいっても車でなければ不便な場所であったため、二人共酒を飲むことをあきらめ車で行くことにする。

店はセルフサービスで一時間半以内ならば、食べ放題で寿司、焼き肉、カニ、デザート等いろいろな種類が揃っており目移りしてしまったが、とりあえず焼き肉を食べることにし、食べ終わったところで寿司やカニも食べた。

しかし、所詮は「食べ放題」。寿司やカニといっても寿司はシャリが大きくネタは薄っぺらだし、カニも冷凍物で冷たい上に身が少ない。

そこで、作戦を変更し種類にこだわらず焼き肉に的を絞って量を食べることにした。日頃、太らないようにと食べる量をセーブするようにしているので、「食べ放題」に来ても急に食べられるほど都合のいい胃袋をあいにく持ち合わせていなかったため、いくらも食べないうち（正確な量は計ってないのでわからない）に突然、満腹感に襲われてしまった。しかし皿にはまだ肉が残っているし、デザートも食べたい。

どうしようかと思ったが、食べ放題の店へ来たことに対する意地のような気持ちもあり、なんとか残りの肉を食べ終えてデザートにアイスクリームとプリンを食べたところで力尽きてしまい、ゼリーまでは食べられなかった。その上、時間を三十分以上も残しての退場となってしまった。

自分なりにたくさん食べたつもりだし、お腹はパンパンなのだが、いまいち満足感がない。やはり、食べ放題ということでしっかりと食べなければと思っていたのだが、食べ盛りのピーク時を過ぎて久しいせいか、思うように食べられなかったことが原因のようだ。

それから数ヵ月後、再度、例の店へ行こうという話になり、前回は酒を抜いたので今回は、アルコールが入れば少しは多く食べられるのではないかと考え、タクシーを利用することにした。往復のタクシー代を考えると近所の焼き肉屋さんに行くのと大差がないのでは?という気もしたが前回、不満足な結果に終わってしまったことに対する意地のようなものがあったのであえて再チャレンジとなった次第である。

今回は、前回の〝教訓〟を生かして寿司やカニには手を出さずに焼き肉だけに的を絞り、フランス料理のコースなどでよくあるお口直しではないが、途中でデザートを食べることによって気分転換をはかり少しでも多くの量を食べられるようにとあれこれと作戦を立ててから出かけた。

もちろん、前回と同様に昼食時とプールで泳いで調整することも忘れなかった。

しかし、こうした努力（?）をしたにもかかわらず前回とたいして変わらない量しか食べられなかった上、途中でデザートを食べたら気分が悪くなってしまい、立っていることさえつらいほどの膨満感に襲われるなど散々な目にあってしまい、二回目のチャレンジも失敗に終わってしまった。

この時以来、食べ放題の店にはすっかり懲りて足が遠のいてしまった。

やはり、こういうところで成功するには日頃の鍛練と才能がものをいうようである。だが安月給の私としては大食いというのはエンゲル係数ばかりが上昇して不経済なだけだし、そのような才能もないので本当の無芸大食に終わってしまう上、そこまでして食べ放題の店で満足感を得たとしてもパチンコをやる人が勝ったときの印象が強いだけで実際のトータルではかなり損をしているというのと同じであるように思えてならない。

結局のところ私のような人間は食べ放題の店は向いていないようである。

こういう人間が大半を占めるからこそ、食べ放題の店は繁盛するのだろうなあと感じるとともに、少しくらい高くついても食べ放題ではない店でゆっくりと味わいながら食べた方が、結果的に得なのではないだろうかというのが今回の経験を通して得た教訓であった。

ローストビーフがない！

テレビの旅番組や温泉地の旅館などを紹介する番組でよく、目の前に出された豪華な料理を前にしてリポーターの人達が「まさか、テレビの取材だからといってこんなに豪華なんじゃないでしょうね？」と問いかけると「そんなことはございません。普段と同じ料理をお出ししています」と答えるシーンをよく目にする。

このような場面を見るたびに「そうだよなあ、この番組を見てこの旅館へ行ったらテレビで紹介された時とは全然違って貧弱な料理だったら、客が来なくなるもんなあ」と思う一方で「誰にでもこんな豪華な料理を出していたら破産しちゃうんじゃないの？」という余計な心配とが入り交じり、果たしてどちらが正しいのだろうかと疑問に思っていた。

そんなある時、この疑問に対する答えを確かめることができた（断っておくが、あくまでもほんの一例だけである）。

仙台に勤務するようになってから、ずっと横浜で生まれ育った上、金もロクになかったので旅行にも満足に行けなかった両親のために転勤になった機会を利用して一緒に松島や鳴子へ旅行をしたのだが、今度は埼玉へ転勤になったのでドライブがてら那須へ行ってみようということになった。

那須ならば日帰りでも行けないこともなかったが、ゆっくりと見て回りたかったので泊まりがけで行くことにした。

泊まりがけで行くとなると宿選びは重要なポイントとなるので早速、「るるぶ」等の旅行雑誌を購入し宿探しが始まった。

どこがいいかとページをめくっているうちに何の雑誌かは忘れたが、裏表紙に写真入りで広告の掲載されているホテルがあった。

そのホテルは二十五メートルプールで自由に泳げる上、色々な設備も整っており、おまけに雑誌の角にある請求券（よく、新聞広告の角にある三角形で切り取り線のはいっている資料の請求に使う紙）を送ると割引券が届き宿泊料金が割引になるので、そこが良いのではないかという家族の要望によりそのホテルに決定した。

旅行を目前に控えたある日、家族と電話で話をしていたら、なんと宿泊予定のホテルがテレビで紹介されたという。

しかも、レストランでは大きなローストビーフを切っている映像が映し出されていたとのことである。

私は、その番組は見なかったのだがローストビーフは好物だったので当日食べられるのを楽しみにしていた。

もしかしたら、「テレビの取材だということでの特別サービスでは？」という不安もあったが、これだけ立派な設備のホテルなのだからそんなことはないだろうとこのホテルを信じることにした。

さて、当日私達は那須の観光施設を見て回ったあと、プールでゆっくりと泳ぎたかったので早めにホテルに入った。

夕食は七時からだったのでそれまでプールでひと泳ぎすることにした。

もうすぐローストビーフが食べられると思うと、気分も盛り上がり泳いでいても楽しい気分にさせられ、結局二キロも泳いでしまった。

そのあと、部屋で一休みし、日曜日であったので「サザエさん」を見てからいざ、レストランへと向かった。

レストランは、バイキング形式になっていたので席に案内されてからというもの、飲み物を注文するのもそこそこにローストビーフめがけ、料理のあるコーナーへと向かって行った。

ホテルのバイキングだけあって和洋中といろいろな料理がならんでいたが、お目当てのローストビーフだけがそこには見当たらなかった。

「あれ、おかしいな?」と思い、隅々まで探して歩いたが見当たらないので、「もしかしたら、丁度品切れになったところで厨房で盛りつけでもしてる最中なのでは?」と思いとりあえずは他の料理を食べて様子を見ることにした。

ところが、二回、三回と料理を取りに行っても他の料理は補充されているのにローストビーフだけは一向に出てくる気配はない。

不思議に思い家族に確認してみると「このホテルのレストランに間違いない!」と言う。だとしたら、あれはテレビ用に特別に出したのだろうか?、あるいはたまたまそういうメニューの日だったのだろうか?

どっちにしろ、仮にホテルへ「テレビの内容と違うじゃないか!」と食ってかかったところで初めからそういう約束があったわけでもないし、〝バイキング〟である以上、何を出そうとホテルの自由なので、勝手な想像をして期待するほうが悪いのである。

とは言っても期待が大きかっただけにショックも大きかったのは事実である。出された料理はどれも美味しかったし、ホテルも建物がきれいで設備も整っていて利用して良かったなと思えるホテルであっただけにそれだけが残念でならなかった。

（恐らく）テレビの取材用に特別に用意したのだろうが、コマーシャルを見て商品が欲しくなる人がいるように、番組で紹介された内容を見て利用してみようという人も大勢いるのだろうから、番組の取材時だけに豪華な料理を用意して他の日は普段どおりの料理を出すというのは、番組で紹介された内容を信じて行った人達に対する裏切りともとれる行為であるからもし、そうであるとしたら是非ともやめて欲しいところである。

どうなってるの？

コンサートのチケットを買いに行ったときのことである。

デパートのチケット売り場でS席を希望したところ、「S席は御用意できません」という返事。

ちなみにこの時は発売日から三日しかたっていなかったのでそんなにすぐに売れてしまったのだろうかと思い、「満席なんですか？」と確認したら店員さんは黙ってしまった。

納得のいかない私はこの店員さんを気の毒に思いながらも再度、「S席はないんですか？」と聞いたところ、「そのようです」という歯切れの悪い返事が帰ってきた。

これ以上、問い詰めたところで埒があかないだろうし、コンサートだからと思いA席にすることにした。

ところが、当日会場へ行ってみると満席のはずのS席は空席が目立っていた。

これが、一、二箇所ならチケットを買ったものの何かの都合で来れなくなったのだろうと思うところだが、全般に空席が目立っているのである。

今回に限らずこのチケットの販売サービスというのは「一体どうなってるんだ？」と腹立たし

く思うことが多い。

例えばチケット販売の大手A社。

ここでチケットを買おうとすると購入申込書なるものを書かされるのだが、その際に住所、氏名、電話番号をいちいち書かせるのである。

A社の会員だとか、チケットの郵送を希望するなどの場合に確認のために書かなければならないのならまだわかるが、会員でもなくその場でチケットを受け取るというのになんで住所や氏名を書く必要があるのだろうか。

さらに、ここではコンビニでの引き換えも行なっているのだが同じように住所や氏名を書かされる上、コンビニの店員が預かるという形をとっているが、コンビニの店員などアルバイトが多いというのに人のプライバシーの管理などきちんとできるのだろうかと思ってしまう。

独り暮らしの女性などがそれをきっかけにストーカーなどにつきまとわれるようなことになったらどう責任を取ってくれるというのだろうか。

その上、名前だ住所だと書かせることに対し、なぜその必要があるのか何の説明もないし、何をしてくれるわけでもないので非常に腹が立つ。

あげくの果てに、座席表を見せられて「ここになります」と言われた席が希望の場所と違うところだったので「このへんはあいてないのか」と聞けば「わかりません」という無責任な答えしか返ってこない。

納得がいかないので、本社（？）に問い合わせようにもいつも話し中。

ちなみに、同じく大手チケット販売のB社はプレイガイドで購入すればいちいち名前や住所は聞かれないし、座席も空いていれば二箇所以上示してくれる。

そういう点では、A社などに比べると簡単に購入できるし、良心的である。

個人的な意見ではあるが、これが普通ではないかと思う。

そもそもチケット販売とはいってもスーパーで食料品を買うのと本質的には変わりはないはずであるし、スーパーで食料品を買うのにいちいち身元確認をする店などまずないだろう。

そう考えるとたかがチケットを購入するためにいちいち住所や氏名など人の「プライバシー」にかかわることを何の説明もなしに平気で書かせて、購入者である客に対しては何のメリットもないということを当然の如く行なっているA社の関係者の皆さん一体、どうなっているのでしょうか？

一度、きちんとした説明を聞かせてもらいたいものです。

左利きはつらいよ

だいぶ前の話になるが、「私の彼は左利き」というヒット曲があった。

この歌が流行っていたころ、私はまだ小さかったので当時の状況はよく知らないが、自分が左利きだったのでどんな歌なんだろうと興味をもっていた。

そんなある日、懐メロか何かの特集の番組でこの「私の彼は左利き」を聞いたのだが、内容としては〝左利き〟を〝右利き〟に変えたら何でもないことではないかというのがこの歌を聞いた感想である。

つまり、この歌がヒットしたということは歌っている歌手に対する人気もあるだろうが、左利きの人間がいかに少ないかということを物語っている。

ところが、この数が少ないというのがくせものなのである。

昔流行ったブリキの玩具やトキのような絶滅寸前の動物などは数が少ないことによって〝希少価値〟として大事にされるが、左利きの人間の場合は逆に数が少ないゆえに不利な扱いを受けているのである。

子どものころは、周りの人間にいちいち「左利きなの?」と言われ（今だに言われつづけている）、中には「よく左手で書けるね?」などとまるで左利きの人間というのはまかり間違って出来上がった人間であるとでも言わんばかりの言い方をする人間もいる。

他にも日常生活において次のような場面において不便な思いをさせられるのである。

① 食事の時に並び方が悪いと隣の人と肘がぶつかって食べにくい。

② 電話をかけるときは、右手で受話器をもって左手でダイヤルを押すのだが、腕とコードがクロスしてかけにくい。

③ 缶切りを使うときに手前へ引くのではなく、向こうへ押すようにして開けなければならない。

④ 腕時計を右手にはめるとネジが内側になるため、はめたままだと時間の調整がやりづらい。

などなど他にもいろいろな場面で不便をこうむっているのが実情である。

ここまで読んで「左利きの人は、野球やテニスといったスポーツでは有利ではないか」と思われる方もいるかもしれない。

だが、ここでちょっと考えてほしい。

確かに、野球やテニスといったスポーツでは左利きの人間の方が有利かもしれないが、そのような恩恵を受けることができるのはごく一部の人達だけである。

むしろ、私のような〝ただの左利き〟にとっては、これらの人たちの存在も不利に働くのである。

私が、左利きだと知ると「左利きの人はスポーツがうまいんでしょう?」とか、「左利きの人は器用なんでしょう?」などと一部の人達が目立っているだけなのに全ての左利きの人間がそうであるかのように思われてしまうのである。

数年前に新聞の記事で左利きの人間は右利きの人間に比べて寿命が短いなどという記事が載っていたが、このような周りから受けるストレスが影響しているのではないかと思ってしまうほどである。

もし、この本を読んでいる人が右利きの人だったらこれから書くことを理解してもらいたい。

確かに、左利きの人間は統計的には少ないかもしれないが、右利きの人と同様に大半の人は特別の才能など持ち合わせていない「普通の人」であり、たまたま左半身が右半身より動きやすくできているというだけのことである。

なのに左利きだというだけで、先に書いたようなことをあーだ、こーだと言われるのは(言う側は悪気はないのだろうが)、決して気分の良いものではない。

もし、自分の周りに左利きの人間がいたとしたら、そのへんをよく考えた上で接してもらいたい。

何も特別な配慮をしろと言っているのではなく、右利きの人間と同じように接して欲しいと言っているだけなのでそう難しい話ではないはずである。

ところで最初に、左利きだというだけでヒット曲ができてしまうと書いたが、この話も左利きというだけで書けたものである。

そう考えると左利きというのは、（我ながら）面白い存在なんだなと感じてしまうのであった。

どっちもどっち?

友人と新橋で待ち合わせをしていたときのことである。

待ち合わせの時間よりだいぶ早く着いてしまったので、駅の付近を見て歩くことにしたのだが、休日のせいか周辺のビルは休みの店が多く時間つぶしになるようなところは見つからなかった。

このへんはあまり来ることもないので地理にも詳しくないため、「さて、どうしようか」と思いながら適当に辺りをぶらついていたらいつのまにか銀座の歩行者天国に来ていた。

私は、生まれ育ちは横浜なのだが、銀座へは用事もなければ興味もなかったので一度も来たことがなかった。銀座に来たのも初めてならば歩行者天国をじかに見るのも初めてであったので「へえー、これがテレビで見る歩行者天国か」などと一人、「おのぼりさん状態」と化していた。

せっかく銀座に来たのならと歩行者天国を歩いてみることにした。

しばらく歩くと本屋があったので、ここで立ち読みでもしようと思い店の前に行くと何やら行列ができているではないか。

なんだろうと思い、近くまで行ってみると女優だかアイドルだかのカレンダーを販売しており、買った人には本人が握手をしてくれるというものであった。

私は、その人のことは全くと言っていいほど知らなかったので「どうせ、AV女優かなにかだろう（失礼）」と勝手に決めつけ、よくもまあ〝AV女優〟のためにこんな行列に並ぶなあと思いながら店に入りしばらくは雑誌を立ち読みしたり、なにか面白そうな本は出版されていないかと店の中を見て回っていたのだが、せっかく来たのだからためしにどんな人か見てみようと思い会場へ行くことにした。

例の〝AV女優〟との握手会の会場は二階に設けられおり店の外の行列は階段を通して会場までつながっていた。

そこで、行列を横目に階段を上がっていくと会場は売場から少し離れたところにあり、周りには係員の人達がびっしりと張りついていて、整理券を持っている人しか中へ入れないようになっているではないか。

しかも、かんじんの〝AV女優〟は会場の奥の方にいるらしく売場からは姿すら見えないようになっていて、「カレンダーを買った人以外の接見（？）はお断わり！」といった状態であった。（個人的には）カレンダーを買ってまで見たいとも思わなかったので結局は〝AV女優〟がどんな人なのかは見れずじまいであった。

なにも買わずにただで見ようとした私も私だが、徹底して野次馬はお断わりという姿勢をとった店も店である。

まあ、この点に関しては「どっちもどっち」といったところであろうが、それにしてもなぜ、そこまでして〝AV女優〟を見せないようにしたり、あんなに行列ができるのかが不思議でならなかったのだが、一週間くらいして車を運転しながら聞いていたラジオ番組がその疑問に答えてくれた。

今度デビューするアイドルがいるとかであの〝AV女優〟の名前を挙げていた。

なんと私が勝手に〝AV女優〟だと思い込んでいた人はデビュー後間もない売り出し中の新人アイドルだったのである。

そうとわかれば、係員の人達があんなに厳しくガードをして野次馬を排除しようとしていたものわからなくはないなあと思うと同時に無知とは恐ろしいものだと思う私であった（このことを誰にも話さなかったのが、せめてもの〝不幸中の幸い〟である）。

それにしても、新人アイドルさんのファンや関係者の皆さん。知らなかったとはいえ変な勘違いをしてしまいスイマセンでした。

あとがき

「ゆきさんは、独特の考え方をもっているからなあ」。職場の人から言われたこの一言をきっかけにして私はエッセイを書くようになった。

本文でもふれたように、私はいつも自分を持つということにこだわっているのだが、はたから見ると前述のような感想になるらしい。

「よし、それならば自分が現在、考えていることや感じていることを文章にして世の中にぶつけてみよう」と思い書いたのが今回の本である。

だから、私の考えに対し世間の人達がどのように感じるかということが一番の関心事なので、なるべく多くの人に読んでもらえてなんらかの形で（良くも悪くも）反論を寄せていただければ幸いである。

話は変わるが、本を読むのは好きで人の書いた本はよく読んでいるが、自分で書いたのは初めてであったので、何かと大変であった。

最初のうちは、ただ、思いつくまま気楽に書いていたが、計画性のない悲しさですぐにネタ切れ、手詰まりという目に合い、ネタが見つかっても文章にうまくまとまらない、最初に考えていたのと違う展開になってしまうなどということもしばしばあった。

しかし、面白いもので後になって読み返してみると最初に考えていたものと違う展開になった話のほうがかえって面白かったりもするから不思議である。

とまあ、こんな調子である時は苦しみながら、ある時は楽しみながら「締め切りがない」というアマチュアの利点（？）をフルに生かしながらなんとか書き上げることが出来てひと安心といったところである。

ところで、（あとがきの）最初に「自分を持つということにこだわっている」と書いたのに「こだわりを捨てたら」というタイトルだとおかしいではないかと思われるかもしれないが、本文中でもふれているように「こだわりを捨てた」のは、あくまでも十代に自分が持っていた、いわば「食わず嫌い」のようなつまらぬこだわりであり、「自分を持つ」ことに対するこだわりを捨てたわけではない。

また、この「（つまらぬ）こだわりを捨てる」というのは、二十代の自分を象徴する言葉であったので二十代の思い出にという意味も込めてタイトルに使わせてもらった次第である。

（現在、これを書いているのが真夜中なので）ここまで書いたら眠くなってしまったのでこのへんで終わりにしたいと思うが、最後に一つだけ。

この本の売れ行きにかかわりなく以後、続編を出して行きたいと考えていますので「この一冊で終わり」などと言わずに末永くおつきあいいただけますようお願い申し上げます。

この度は、最後までお読みいただきありがとうございました。

ゆ　き

二〇〇〇年　二月吉日

【著者プロフィール】
ゆき
1970年、神奈川県横浜市生まれ。
本書に登場する「公務員予備校」を
卒業後、公務員となり、現在に至る。

こだわりを捨てたら

2000年9月1日　初版第1刷発行

著　者　ゆき
発行者　瓜谷　綱延
発行所　株式会社　文芸社
〒112-0004　東京都文京区後楽2-23-12
電話　03-3814-1177(代表)
03-3814-2455(営業)
振替　00190-8-728265
印刷所　株式会社　平河工業社

ISBN 4-8355-0636-7 C0095